Gabrielle Basquin

Au-delà de Katmandou

© 2020 Gabrielle Basquin
Édition : BoD – Books on Demand, info@bod.fr
Impression : BoD – Books on Demand,
In de Tarpen 42, Norderstedt (Allemagne)
Impression à la demande

ISBN : 978-2-3221-8759-1

Dépôt légal : Février 2020

À Isabelle avec amour et gratitude

Voyager à l'intérieur du Népal est sans doute l'une des expériences les plus fortes qu'il soit donné de vivre en cette région. Un trek hors de la vallée de Katmandou est dans tous les sens du terme une véritable expédition.

« A tiger for breakfast »
Michel Peissel (1966)

Un projet de grand départ

Appuyé à la ligne inégale des cyprès, le mas, portes et fenêtres closes sur la cour ensoleillée, semble désert. Cependant, quelques livres épars sur un banc et dans l'ombre mince d'un amandier une chaise longue renversée montrent que quelqu'un vient d'interrompre le plaisir de longues heures consacrées à la lecture. Seule une chatte bigarrée, rousse, blanche et noire, veille, les yeux largement ouverts sur un vol de moucherons…Un timbre retentit trois fois et elle s'évanouit derrière un pot de lauriers roses tandis que, dans un bruit ferraillant, une fillette juchée sur un vieux vélo s'arrête devant la porte grande ouverte. C'est une longue enfant très brune, d'environ 14 ans, vêtue d'un bermuda effrangé et d'un polo orange, qui regarde sa montre et soupire :
— Oh la la ! Encore dix minutes de retard. Je vais être punie.
Elle abandonne son vélo contre le mur, jette un coup d'œil sur le désordre de la cour, met deux doigts dans sa bouche et module un sifflement suraigu. Un grand chien roux surgit au coin de la maison, tourne autour d'elle en

bondissant, puis se précipite à la rencontre de la jeune femme qui apparaît, chargée de deux arrosoirs.

— Alors, Martha, où étais-tu encore ?

— Maman, je viens du ranch où j'ai aidé Rémi à panser les chevaux et je me suis arrêtée chez Madame Scott pour manger des mûres.

— Tu vas tout de suite continuer l'arrosage, les belles de nuit, les gaillardes et les dahlias ont particulièrement besoin d'eau. Je file m'occuper du dîner. Ton père vient de téléphoner, il a invité le secrétaire de son éditeur.

Avec un soupir de soulagement – elle n'a pas été grondée – Martha prend les arrosoirs et se dirige vers le bassin qu'alimente une source capricieuse. C'est parmi les nécessaires corvées de vacances celle qu'elle préfère, celle qu'elle accomplit avec soin et plaisir. Jouissant de l'odeur puissante exhalée par les plantes – géraniums, menthe poivrée et tubéreuses – sous la pluie bénéfique que l'arrosoir verse généreusement, Martha enfouit ses pieds nus dans la terre humide, les traîne dans l'herbe mouillée, débusque la chatte craintive et douche Rhum, le grand chien roux.

Enfin elle range son vélo dans l'appentis, regarde ses pieds très sales qu'elle n'a pas le temps de laver et rejoint sa mère qui enroule avec précaution, autour de son index, un morceau de sparadrap.

— Je viens encore de me blesser. Veux-tu bien ouvrir les cinq boites posées sur l'évier ? Nous mangeons « chinois » ce soir. Le pain qui nous manque sera remplacé par du riz, ainsi je n'aurai pas à cuisiner.

Martha sourit à son incorrigible maman qui, très heureuse d'avoir réglé commodément les problèmes culinaires, fredonne en mettant la table ; elle a vraiment l'air d'une très jeune fille, petite avec des cheveux fauves coupés courts, des taches de rousseur et une parfaite inaptitude à tout travail domestique. Ses mains, si malhabiles quand il leur faut laver la vaisselle, se servir d'un ouvre-boîte, sont d'une adresse inégalable pour confectionner un bouquet, soigner plantes et bêtes. Pendant les vacances, c'est donc très souvent qu'incombent à Martha certains travaux dont généralement les enfants de son âge sont dispensés et qu'elle accomplit avec compétence mais en rechignant. Enfin, la préparation de ce dîner impromptu ne sera ce soir ni une corvée, ni une cause de mauvaise humeur et de discussion, les boites providentielles sont ouvertes, leur savoureux contenu réchauffé et bien présenté régalera la famille et son invité.

Gaiement Martha et sa mère s'affairent ; l'ordonnance de la table fleurie est parfaite, des odeurs appétissantes et exotiques se répandent dans la cuisine, un gros poêlon de terre déborde de la blancheur du riz cuit à point.

Enfin prêtes, comme deux sœurs semblablement vêtues d'un pantalon beige et d'un chemisier vert, elles s'asseyent sous l'amandier. Muettes, elles contemplent le mince croissant de lune qui prolonge le plus haut des cyprès et les couleurs du soleil couchant qui s'estompent et se dissolvent dans le bleu unique de la nuit tombante. Grillons et crapauds entonnent leurs chants nocturnes. L'encombrant Rhum couché au pied de ses maîtresses dresse les oreilles et agite frénétiquement son moignon de queue ; il a perçu un bruit de moteur.

— Les voilà, dit Martha.

Elle se lève, prend la main de sa mère qu'elle entraîne en courant à la rencontre de la voiture dont les phares sont maintenant visibles. C'est presque un jouet qui apparaît au tournant, une Jeep miniature qui bondit de pierre en pierre et s'arrête dans un nuage de poussière. En descendent un homme vêtu d'un costume d'été qu'il époussette soigneusement et un géant blond et barbu qui referme ses bras sur Martha et sa mère et soutient sans broncher les assauts affectueux de Rhum.

— Bonsoir, mes chéries. Voici Monsieur Reynard avec qui j'avais rendez-vous à Avignon, il a bien voulu passer la soirée chez nous.

Monsieur Reynard, éprouvé par la chaleur et quelques kilomètres de mauvaise route parcourue à grande vitesse en Méhari, a juste la force de prononcer une phrase banale :

— Quel isolement !

Il fait quelques pas et ajoute :

— Vous avez une vue magnifique sur Gordes, le joyau du Vaucluse.

Abandonnant la Méhari sur le chemin, le petit groupe monte vers le mas faiblement éclairé qu'on devine derrière les cyprès.

Après le repas, apprécié ironiquement par le maître de maison : « les légumes du potager que tu soignes si bien sont comestibles aussi, tu sais ? ». Et poliment par Monsieur Reynard dont l'estomac fragile supporte mal l'exotisme culinaire : « le riz était délicieux, sa cuisson parfaite, ce qui est, en France, assez rare ».

Martha débarrasse la table et prépare une tisane de thym en cachant l'ennui que lui procurent les discussions des grandes personnes. Tandis qu'elle ébouillante la tisanière et qu'elle met silencieusement au point son emploi du temps du lendemain – « une promenade à cheval suivie d'un bain dans la piscine de Madame Scott après ma leçon d'anglais » -, son attention est attirée par une exclamation de sa mère :

— Recenser et photographier les pièces d'art que les Lamas tibétains réfugiés au Népal gardent dans les monastères des hautes vallées, c'est un travail merveilleux, Karl. Tu aurais l'occasion de passer quelques mois dans un pays inconnu et de découvrir ce Katmandou dont tout le monde parle sans jamais y être allé.

— J'hésite, Stéphane, à accepter ce travail, parce que tu viens d'entendre Monsieur Reynard nous le dire, le voyage et le séjour sont à mes frais et que mon absence risque d'être longue, oui, j'hésite beaucoup à moins que …

Martha apporte le plateau chargé de tasses odorantes et, ayant oublié ses projets du lendemain, ne perd pas un mot de la conversation.

— A moins que d'y aller en voiture.

Un silence suit cette déclaration et Monsieur Reynard sirote d'un air amusé sa tisane en attente, semble-t-il, d'un coup de théâtre. Stéphane se redresse brusquement, renversant sa tasse, et s'exclame avec véhémence :

— Karl, tu n'y penses pas. Je mourrais de peur qu'il ne t'arrive un accident au cours de ce long voyage. Les pays qu'il faut traverser ne sont pas sûrs. N'y a t-il pas des nomades rapineurs, des bandits ? J'ai lu, je ne sais plus où, une horrible histoire à ce sujet. Et puis, où t'écrire ? Je te croirai en Turquie. Tu seras encore en Bulgarie ou déjà en Iran, non vraiment, c'est impossible.

— Ne t'emballe pas. Laisse-moi t'expliquer. Des amis de Monsieur Reynard ont fait ce voyage en 2 CV très confortablement, n'est-ce pas ?

— Absolument, dit Monsieur Reynard, à qui Stéphane lance un regard noir.

— Les routes et les pistes sont dans l'ensemble suffisamment bonnes pour que j'envisage ce périple transcontinental comme une longue randonnée en famille : Martha et toi, vous m'accompagnerez.

Stupéfaite et sans voix, Stéphane se laisse tomber dans un fauteuil tandis que Martha bondit vers son père qu'elle saisit à plein bras.

— Papa, quand partons-nous ? Serons-nous de retour en France pour la rentrée du lycée ? Emmènerons-nous Rhum et Câline ? Prenons-nous la caravane ?

— Du calme, du calme, ma petite fille, quelle avalanche de questions ! Nous partirons certainement à la fin du mois d'août, ce qui nous permettra d'éviter les fortes chaleurs. Nous ne rentrerons que pour Noël. Tu manqueras le premier trimestre au lycée, mais tu es assez raisonnable pour travailler seule avec l'aide de ta mère - du moins, je l'espère -. Pas question de prendre la caravane qui nous ralentirait beaucoup sur les pistes de montagne. J'équiperai la Méhari le mieux possible.

Évidemment, nous laisserons Rhum et Câline. La cousine Hortense à qui je téléphonerai demain acceptera sans doute de s'installer chez nous pendant notre absence.

— La cousine Hortense, proteste Stéphane, qui reprend ses esprits ; la dernière fois que nous lui avons confié le mas, elle a essayé de le transformer en serre, et j'ai dû passer plusieurs jours à nettoyer notre salle de séjour où des plantes trop arrosées pourrissaient. Nous chercherons et trouverons une autre personne de confiance.

— Ne nous attachons pas maintenant à résoudre certains problèmes absolument secondaires. Tu sembles comme Martha, gagnée à mon projet. Plus d'objections ?

— Si, une foule d'objections…Mais - et Stéphane murmure rêveuse - voir Istanbul, traverser l'Afghanistan…
Je vais tout de suite chercher le planisphère dans la chambre de Martha.

Karl la retient fermement par le bras.

— Non, pas ce soir. Tu oublies que Monsieur Reynard a eu une journée fatigante. Je vais le reconduire maintenant. Nous avons un mois exactement pour organiser notre voyage.

Monsieur Reynard se lève, remercie ses hôtes de leur bon accueil, renouvelle ses regrets de ne pouvoir se retirer lui aussi en Provence et, accompagné de Karl, marche vers la Méhari.

— C'est une bonne petite voiture, dit Monsieur Reynard, mais il semble que vous ne la ménagez guère dans les chemins accidentés du Luberon. N'oubliez pas qu'elle doit rester en excellente condition pour affronter les pistes du Moyen Orient.

— Bah, répond Karl, en souriant, elle est robuste et souffre moins que vous des cahots !

Martha, suivie de Câline, la chatte brusquement réapparue, monte dans sa chambre. C'est une grande pièce mansardée blanchie à la chaux, au mobilier sommaire. Une longue planche, posée sur deux tréteaux sert de bureau et de table à dessin ; le lit ancien disparaît sous un amoncellement de livres, d'animaux en peluche et de coussins multicolores. Aux murs sont punaisés des peintures abstraites, œuvres de Martha, des posters et un grand planisphère.

La fillette se hausse sur la pointe des pieds et fredonne : Italie, Bulgarie… Turquie… Inde. Son doigt glisse sur la carte, hésite et s'immobilise.

— Katmandou, c'est ici…Tu vois Câline, c'est ici. ICI !

Mais sur le lit, la chatte, lovée entre deux coussins, s'est déjà endormie.

La famille Eriksen

C'était en 1950, au hasard d'une étude sur l'art roman provençal, que Karl Eriksen avait rencontré Stéphane Martigue, étudiante aux Beaux-Arts d'Aix-en-Provence. La jeune fille avait servi de guide et d'interprète au photographe norvégien dont les connaissances en français étaient très sommaires. Maintes églises, abbayes et musées reçurent la visite de ce couple disparate : lui, grand, placide et déjà mûr – elle, menue, pétulante et très jeune. La lumière provençale autant que la présence de Stéphane furent bientôt indispensables à Karl. Leur mariage se décida très vite. Karl renonça à retourner à Oslo où il ne pouvait envisager d'exiler la jeune femme inséparable de son pays natal. Le couple s'installa donc dans le mas plus que délabré que Stéphane avait hérité d'une grand'tante et le restaura avec passion. La première année fut assez pénible : ils campèrent dans l'unique pièce d'habitation dépourvue d'eau et d'électricité, se mirent en quête de matériaux traditionnels de l'architecture provençale - pierres brutes et tuiles romanes -, exercèrent leur patience à attendre les maçons occasionnels aux horaires de travail fantaisistes.

Stéphane et Karl Eriksen aiment souvent évoquer la période pendant laquelle ils édifièrent ensemble leur foyer.

Martha les écoute toujours avec beaucoup d'amusement, imaginant son père aux prises avec une bétonneuse, tandis que sa mère, au volant d'une camionnette poussive, recherchait ici et là dans le département des chaises d'églises. Elle était connue sous le nom de la petite brocanteuse et les villageois du Lubéron lui cédaient facilement, en raison de sa gentillesse et de sa douce insistance, les meubles démodés mis au rebut dans leur grenier.

Martha est, autant que ses parents, attachée à la Bastide ancienne reconstituée. Cette longue maison basse, assez sévère, avec des ouvertures étroites tournées vers le Sud et une façade aveugle opposée au mistral, est un asile de fraîcheur en été et un abri très sûr en hiver. Le confort pourtant y est réduit à sa plus simple expression : eau courante, électricité d'une qualité douteuse que des bougies suppléent bien souvent, et buanderie servant de cabinet de toilette.

La maison comprend au rez-de-chaussée la salle de séjour-cuisine, le laboratoire où Karl développe ses photos et la salle d'eau. Un escalier conduit au premier étage qui compte trois pièces : l'atelier lumineux où Stéphane a installé son métier à tisser et sa collection de disques, et les deux chambres. La plus grande des fantaisies en a présidé l'aménagement et la décoration : les meubles rustiques de la région s'accordent aussi bien qu'il est possible avec les nattes japonaises, le hamac brésilien et les sculptures africaines que Karl a rapportés de ses lointains voyages. Seule la salle de séjour avec un sol dallé, une haute cheminée de pierre, des solives noircies où pendent des tresses d'ail, conserve l'ambiance d'une cuisine provençale traditionnelle. C'est la pièce que Martha préfère bien qu'elle ne dédaigne pas en hiver rejoindre sa mère dans l'atelier plus ensoleillé où, assise sur de moelleux tapis, elle examine d'un œil connaisseur des échantillons de tissus, donnant son avis avec beaucoup d'autorité. Stéphane discute volontiers de son travail avec sa fille dont elle accepte parfois le choix. A partir d'échantillons retenus, seront tissés, coupés puis assemblés, les quelques jupes, tuniques et pantalons dont la vente est assurée par un commerçant avignonnais.

Par contre, c'est sans enthousiasme que Karl reçoit Martha quand elle se hasarde dans le laboratoire. La pièce, fraîche en été, glaciale en hiver, est obscure en toutes saisons. C'est pourtant là qu'il passe le plus clair de son temps, agrandissant certains clichés, les travaillant jusqu'à ce que l'effet souhaité soit obtenu : tristesse d'un champ d'amandiers couverts de neige, ondoiement des canisses sous le mistral…

Pendant plusieurs années, Karl fut le reporter photographe de deux grands hebdomadaires européens qui l'envoyèrent aux quatre coins du monde en quête de photos illustrant les mariages princiers, les cataclysmes et même les guerres.

Marié, fixé en Provence et père d'un enfant, il a préféré reprendre son indépendance, se consacrer à certaines recherches et décider de choisir lui-même le sujet de ses reportages qui sont, en général, toujours favorablement accueillis par un éditeur parisien.

La proposition que Monsieur Reynard lui avait faite était arrivée fort à propos, alors que son travail sur les oiseaux migrateurs de Camargue était presque terminé et qu'il n'avait encore aucun projet précis en vue. D'autre part, sa pratique de l'anglais, les recherches personnelles qu'il avait entreprises sur le bouddhisme et les civilisations d'Extrême-Orient lui faciliteraient ce reportage au Népal. Une remise au point de ses connaissances, un bon interprète tibétain lui permettraient de mener à bien son travail. C'est précisément ce qu'il est en train d'expliquer à sa femme et à sa fille, toutes deux très attentives.

— Je ne possède que trois livres sur le Népal et le Tibet : une relation de voyage passionnante mais fort ancienne et les études de deux ethnologues français et anglais. C'est tout à fait insuffisant. Je vais être obligé d'aller à Paris compléter ma documentation et j'en profiterai pour obtenir le carnet de passage en douane de la voiture, des cartes routières détaillées et les visas nécessaires au voyage.

Martha, qui feuillette distraitement un volume rédigé en anglais, demande :

— Papa, qu'est-ce qu'un visa ?

— C'est en quelque sorte l'autorisation écrite sur ton passeport qui te permet d'entrer dans certains pays.

— Quels pays ?

— Va chercher le planisphère, je vais te montrer notre itinéraire. Stéphane, m'accompagnes-tu à Paris ?

— Non, j'ai trop à faire. Il faut que je termine l'ensemble que Madame Scott m'a commandé et que je trouve quelqu'un pour s'occuper de nos bêtes et de nos plantes.

— Mais, nous allons téléphoner à cousine Hortense !

— Je t'ai déjà dit que je ne voulais pas. Il n'est pas question que je confie ma maison à une excentrique de la sorte.

— Allons, allons, cousine Hortense adore notre propriété et nos animaux. Ne lui reproche pas sa fantaisie, tu lui ressembles tant.

— Moi, ressembler à cousine Hortense, explose Stéphane.

— Mais oui, répond placidement son mari. Et c'est normal. Vous avez passé de longues années ensemble, tu es comme elle désordonnée, maladroite, distraite mais aussi d'esprit curieux et imaginatif ; une fleur qui éclot, un chaton qui joue vous captivent tant que vous en oubliez l'heure des repas, n'est-ce pas vrai ?

— Bien, capitule Stéphane, je téléphonerai aujourd'hui même à cousine Hortense.

Et elle ajoute, en prenant la main de son mari qu'elle presse contre sa joue : « Je ne suis pas rancunière et j'oublierai vite tes compliments empoisonnés ».

Martha a attendu en souriant la fin de l'escarmouche familiale pour étaler le grand planisphère sur la table. Ses parents s'en approchent et silencieusement le regardent. La route est longue, bien longue jusqu'à Katmandou. Quels risques, quels dangers leur réserve-t-elle ?

Enfin, Karl redresse sa haute taille et déclare :

— Les autoroutes italiennes et yougoslaves nous conduiront jusqu'à la Bulgarie dont la traversée est très courte. Tu vois, Martha ? En Turquie et en Iran, nous aurons sans doute de fort mauvaises pistes sur un millier de kilomètres selon les renseignements que m'a donnés Monsieur Reynard. Mais la Méhari est robuste, elle arrivera en bon état en Afghanistan où nous attend la merveilleuse route asphaltée conduisant au Pakistan. Il ne restera plus ensuite qu'à suivre la vallée du Gange jusqu'à Katmandou.

Les yeux de Stéphane restent fixés sur l'itinéraire que son mari vient de marquer au crayon rouge et elle murmure :

— A t'écouter, nous y sommes déjà ! Je crois que tu minimises vraiment les difficultés d'un voyage qui durera… ?

— Qui ne durera qu'un mois. Faute de temps, nous ne pourrons jouer aux touristes et nous éloigner de ce grand axe, dit Karl, en déplaçant son doigt sur la carte, mais nous visiterons Venise, Istanbul, Mashed, Kaboul et peut-être Bénarès. Ne t'inquiète pas, Stéphane, ces routes sont meilleures et plus fréquentées que tu ne l'imagines.

— Je les espère surtout bien fréquentées, frissonne Stéphane.

— Faut-il un visa pour chacun des pays que nous traverserons, demande Martha, qui ne laisse jamais une question sans réponse.

— Non, seuls l'Inde, le Népal et l'Afghanistan l'exigent. Certains pays n'en demandent pas. D'autres l'accordent sans difficultés à leur frontière. Range ton planisphère, Martha. Allons faire une promenade pendant qu'il fait encore frais ; les cigales commencent déjà à chanter, la journée sera chaude.

Au mot promenade, Rhum qui était sagement couché sous la table, indifférent à la discussion, se lève et s'ébroue. Câline s'étire et quitte le tabouret paillé.

Précédée des deux bêtes, la famille Eriksen escalade le raidillon qui, à flanc de vallon, conduit à la colline. Karl pose la main sur l'épaule de sa femme et dit :

— Pendant que je serai à Paris, tu convaincras Martha que des vaccinations sont indispensables, et comme deux grandes, vous irez vous faire faire les injections à l'hôpital d'Avignon.

— Tu me réserves là une détestable corvée, soupire Stéphane.

— Ce sera la seule. Ah, dresse aussi la liste des vêtements, des livres et du matériel de camping que nous emporterons.

Stéphane se retourne et regarde en contrebas le mas dont on aperçoit le toit beige rosé. L'ombre se raccourcit au pied du cyprès dont l'odeur âpre monte et se mêle à celle des plantes aromatiques, thym et romarin sauvages.

— Rentrons maintenant, il faut téléphoner à cousine Hortense. C'est le dernier arrivé qui le fera !

Et Stéphane dévale le sentier pierreux, se retenant ici à une touffe de ciste, là à une branche de romarin, suivie de près par Karl dont les longues foulées entraînent des petites avalanches de cailloux ronds et de feuilles sèches.

Du sommet de la colline, Martha suit la course effrénée de ses parents ; sa mère conserve une légère avance jusqu'à ce qu'elle trébuche, le temps de reprendre l'équilibre et elle est dépassée. La fillette crie à pleins poumons :

— Hourra, papa…

Puis Rhum et Câline bondissant sur ses talons, à son tour elle descend avec l'agilité d'un cabri vers le mas.

Dans la fraîcheur de la salle de séjour, ses parents, effondrés sur le divan, reprennent souffle.

— Nous sommes fous de courir par cette chaleur, halète Stéphane.

— A qui la faute ? Qui m'a provoqué et qui a perdu ?

La sonnerie du téléphone interrompt Karl. Stéphane étend paresseusement la main vers l'appareil.

— Allo, oh, bonjour, cousine Hortense, j'allais justement t'appeler…Non, je ne pleure pas, je suis simplement essoufflée. Mais non…Écoute…

Stéphane excédée éloigne l'écouteur de son oreille, Karl le saisit doucement.

— Bonjour cousine Hortense. Non, non, ne vous inquiétez pas. Stéphane va très bien. Nous voulions vous dire que nous allons partir pour cinq mois au Népal.

Il crie.

— Au Népal… C'est ça, à Katmandou… Non, nous ne sommes pas devenus hippies, enfin pas complètement…Vous emmener ? Hélas, non, nous ne le pouvons pas. Mais voudrez-vous, pendant notre absence, vous installer chez nous, comme d'habitude ?

Le visage de Karl exprime une stupéfaction croissante, tandis qu'il écoute l'intarissable cousine Hortense.

— C'est très gentil à vous, nous vous embrassons.

Reposant l'écouteur, il reste un moment silencieux, puis il éclate de rire.

— Mais enfin, qu'y a-t-il ? demande Stéphane.

— Extraordinaire. Elle vient, cette chère cousine Hortense, de passer son permis de conduire et d'acheter une voiture d'occasion…Elle arrivera dimanche soir, par ses propres moyens !

Arrivée de cousine Hortense

Karl a voulu partir à l'aube pour Paris ; Stéphane et Martha frissonnantes regardent disparaître la Méhari que Rhum escorte à grands sauts désordonnés. La flèche des cyprès s'incline vers le toit de la maison, la porte de l'appentis claque et du sommet de la colline naît une puissante rumeur.

— Le mistral se lève. Ton père aura certainement de la pluie à partir de Lyon, dit Stéphane. Rentrons et débarrassons-nous vite des corvées ménagères.

Martha, qui s'apprêtait, Câline sous le bras, à regagner sa chambre et y reprendre son sommeil interrompu, pose philosophiquement la chatte par terre, se dirige vers l'évier de pierre où s'amoncelle la vaisselle de deux jours. Mère et fille s'activent avec une grande efficacité. Elles secouent les tapis, brûlent les magazines inutiles entassés sous le manteau de la cheminée et traquent la poussière dans les moindres recoins. Le chien, prostré sous la table, suit d'un œil résigné ce branle-bas inaccoutumé : pas de promenade et pas de jeux en perspective ce matin. La chatte soucieuse de sa tranquillité a déserté la maison.

Vers une heure, Stéphane et Martha installent la table du déjeuner dehors à l'abri du mistral, devant un bouquet de cannisses bruissantes. Très affamées, elles vident le plat de tomates mêlées de poivrons et arrosées d'huile d'olive. Un fromage de chèvre dur comme un galet de la Durance, quelques abricots très mûrs complètent leur frugal repas.

— C'est en l'honneur de l'arrivée de cousine Hortense que nous avons fait aujourd'hui le grand ménage annuel ? demande Martha moqueuse.

— Oui, avoue sa mère, en riant. Et, j'espère qu'elle aura à cœur de conserver à la maison son ordre et sa netteté. Maintenant, desservons et prenons une douche avant de faire la sieste.

Mais pourquoi utiliser la salle d'eau toute propre où chaque robinet luit comme un petit soleil. C'est beaucoup plus amusant de passer un maillot de bain, prendre un arrosoir et de courir à la source.

A grands renforts de rires et de cris, Martha et Stéphane se mouillent et se frictionnent. Bien malgré lui, car il a horreur de l'eau, Rhum participe à la fête. Câline, tapis sous un buisson de romarin, les yeux dilatés, observe la scène. Elle rejoint ses maîtresses quand elle les voit déployer sous l'amandier la grande couverture berbère réservée à la sieste. Martha somnole, le museau du chien posé sur son mollet nu. Stéphane lit, poussant de petits cris lorsque la chatte, toutes griffes dehors, lui pétrit affectueusement l'épaule.

Par moments, le mistral s'apaise, tapi derrière la colline où il reprend souffle. Les cigales, transies, se taisent sous le ciel d'un bleu cendreux. Une accalmie prolongée tire le chien de son sommeil. Il se dresse, muscles tendus et oreilles pointées. Un grondement sourd lui échappe.

— Chut, Rhum, tu vas réveiller Martha. Mais tu as raison, mon chien. Il semble qu'une auto grimpe le sentier.

Un bruit continu et irritant de klaxon bloqué se rapproche. Martha se frotte les yeux.

— Adieu la sieste, maman, c'est évidemment cousine Hortense et son équipage. Qu'a-t-elle donc acheté qui puisse faire un tel tintamarre ?

Très excitée, elle se précipite sur le sentier et crie :

— Maman, on dirait une voiture de pompier !

En effet, un tube Citroën, peint de rouge vif, avance très lentement, suivi d'un épais panache de fumée. A son volant, se tient une vieille dame imperturbable.

— Je t'en prie, cesse d'appuyer sur le klaxon, hurle Stéphane qui arrive en se bouchant les oreilles.

Cousine Hortense - c'est bien elle - passe difficilement par la portière la grande capeline démodée qui est sa traditionnelle coiffure d'été.

— Bonjour, mes enfants. Je crois bien qu'il faut que vous poussiez, Rossinante n'en peut plus !

— Qui appelles-tu Rossinante ? s'étonne Martha en plantant de gros baisers sonores sur les joues basanées de sa cousine.

— Ma camionnette, évidemment. Tu ne connais pas l'histoire de Don Quichotte ? C'était un chevalier…

— Tu la raconteras plus tard, coupe Stéphane, qui entraînant Martha se dirige vers l'arrière de la camionnette qu'elles poussent de toutes leurs forces ; les roues patinent, le moteur rugit, puis cale.

— Laisse-moi prendre le volant, dit Stéphane, entre deux quintes de toux, suffoquée par la fumée du pot d'échappement.

— Non, répond catégoriquement cousine Hortense. Les démarrages en côte n'ont pas de secret pour moi …Voyons, je cherche et trouve le point mort. Je débraie, je passe la première…

— Enlève aussi le frein à main, crie Stéphane en exerçant une violente poussée à l'arrière de la voiture qui progresse enfin lentement jusqu'au mas.

Cousine Hortense met, avec beaucoup de dignité, pied à terre. C'est une femme anguleuse, au visage de vieil indien, habillée d'une ample jupe-culotte et d'une veste saharienne sur laquelle un face à main pend en sautoir. Rejetant en arrière sa capeline anachronique, elle regarde ses cousines d'un air vexé.

— Mes petites chattes, j'ai encore raté mon arrivée. Vous voilà, par ma faute, enfarinées comme deux meunières et à moitié asphyxiées.

Elles l'installent à l'ombre et lui préparent sa boisson favorite, du thé à la menthe, tandis que le chat et le chien qui ont reconnu leur grande amie se disputent ses caresses.

Martha ne peut s'empêcher de demander :

— Pourquoi as-tu acheté cette vieille camionnette plutôt qu'une petite voiture neuve ?

— J'ai été tentée par la couleur originale et la modicité du prix de Rossinante, répond cousine Hortense, et tu sais, sa capacité est tout juste suffisante pour assurer le transport de mon matériel. Ce sont mes voisins, les deux maçons italiens, qui m'ont aidée à la charger ce matin.

— Quoi, s'exclame Stéphane, tu ne veux pas dire que ta camionnette est pleine ?

— Bien sûr que si !

Et cousine Hortense va ouvrir les portes arrière du véhicule qui contient, en effet, un indescriptible bric à brac.

Aidée par Martha et Stéphane, elle en sort successivement une immense cage d'osier dans laquelle se débattent trois pigeons paons au plumage ardoisé – « mes petites merveilles », roucoule-t-elle – d'innombrables pots de géraniums souffreteux, des cantines vides de dimensions variées et deux valises.

Il ne reste plus dans la camionnette que trois encombrantes machines sur l'utilité de laquelle Martha se pose des questions.

— Machines à tricoter, répond laconiquement cousine Hortense. Et remarquant le coup d'œil incrédule de Stéphane, elle ajoute :

— Évidemment, elle n'est plus toute jeune, mais je m'en sers à la perfection…en tout cas, beaucoup mieux que d'une voiture. J'ai décidé, pour arrondir mes petites rentes, de me lancer dans la confection d'ensembles de jersey. Mes amies m'ont toutes passé d'importantes commandes. Les gros sacs, que tu vois là-bas sur le siège avant, contiennent les écheveaux de laine.

— Très bien, soupire Stéphane, nous attendrons le retour de Karl pour terminer de décharger la camionnette.

L'installation de cousine Hortense au mas occupe la fin de l'après-midi : les géraniums soigneusement arrosés sont alignés à l'abri d'un muret de pierres sèches, les cantines vides - à quel usage sont-elles destinées ? – rangées sous l'appentis, la cage des pigeons accrochée à une poutre dans l'atelier où la machine à tricoter trouvera aussi sa place. Comme elle en a l'habitude, Martha cède sa chambre à cousine Hortense qui y cohabitera en toute amitié avec la chatte et les animaux en peluche.

La nuit est tombée depuis longtemps. Toutes trois se réunissent dans l'atelier où cinq bougies fichées dans un candélabre de cuivre et un disque de musique tzigane composent une plaisante ambiance de veillée. La clarté froide de la pleine lune entre par la croisée. Cousine Hortense se balance dans le rocking-chair de cuir éraillé en suivant passionnément les explications que Martha et Stéphane lui donnent sur leur voyage. Bien qu'elle n'ait jamais dépassé Lyon, où réside la plus éloignée de ses amies, elle se sent la vocation d'une grande voyageuse et soupire :

— Que n'ai-je plus mes alertes cinquante ans et je serais allée à Katmandou, s'il l'avait fallu… en stop !

Les plus belles journées de l'été provençal se succèdent ; le mistral s'est apaisé, les cigales ont repris leur chant obsédant, le soleil son ardeur et la végétation sèche son parfum sans égal.

Disparaissant des après-midi entiers, sous le prétexte d'une leçon d'anglais, ou d'une séance d'équitation,

Martha a retrouvé ses habitudes de vagabondage solitaire. Stéphane, très occupée à finir l'ensemble de Madame Scott et à dresser les listes qu'elle soumettra à son mari, se soucie peu de l'emploi du temps de sa fille qu'elle accueille invariablement à quelque heure qu'elle rentre, par cette phrase :

— T'es-tu bien promenée, chérie ?

Cousine Hortense, à moins qu'elle n'ait égaré son face à main, est plongée dans de poussiéreuses relations de voyage qui lui arrachent des cris enthousiastes.

C'est seulement la veille du jour où Karl doit revenir au mas que Stéphane réussit enfin à emmener sa fille à l'hôpital. Contre toute attente, la vaccination se passe bien. Martha subit les injections sans broncher, reconnaît honnêtement qu'elle n'a pas souffert autant qu'elle le craignait et remercie d'un sourire le médecin qui, pour récompenser sa sagesse, lui donne comme à un bébé une poignée de caramels.

Leur retour se fait dans l'allégresse. Rossinante abreuvée d'huile et conduite avec maîtrise ronronne régulièrement tandis que Martha, peu soucieuse de son épaule ankylosée, taquine sa mère.

— Il paraît que tu n'as pas mérité de bonbons, Maman. En veux-tu un des miens ?... Je meurs de faim ; crois-tu que cousine Hortense aura préparé le souper ?

— Oui, répond Stéphane en prenant le caramel que Martha lui tend. Par extraordinaire, elle était en veine de cuisine cet après-midi et m'a promis une soupe au pistou.

Rossinante gravit en hoquetant le raidillon qui conduit au mas sans que chien ou chatte se rue à sa rencontre et salue son arrivée. Ils sont l'un et l'autre trop occupés à fêter leur maître. Câline perchée sur l'épaule, Rhum rampant et pleurnichant de joie à ses pieds, Karl marche vers sa femme et sa fille qu'il embrasse longuement.

— J'ai réussi à obtenir très vite les papiers dont nous avons besoin et j'ai pu avancer mon retour d'une journée. C'est bon de se retrouver chez soi.

Il hume avec plaisir la chaude senteur de la soirée provençale.

— Dînons dehors aux chandelles pour célébrer ton arrivée, propose Martha. Je vais tout arranger avec cousine Hortense. Où se cache-t-elle ?

— Dans la cuisine devant les casseroles, chantonne cousine Hortense invisible. Va vite cueillir le basilic. La soupe est presque cuite !

— Demain, dit Karl en entraînant Stéphane vers le vieux banc, nous commencerons sérieusement à organiser notre départ… Réunion familiale après le petit déjeuner.

Hélas, le lendemain, devant cousine Hortense et Martha consternées, c'est une discussion acharnée qui marque le début des préparatifs. Karl, d'un trait épais de son crayon rouge, barre un mot sur deux des listes que sa femme vient de lui remettre et celle-ci proteste violemment.

— J'ai seulement relevé tout ce dont nous pourrons avoir besoin pendant le voyage et le séjour au Népal : provisions de route, robes de ville, vêtements de montagne, bien sûr les manuels scolaires de Martha et quelques-uns de mes livres préférés. Il n'est pas question que je recommence ces listes !

— Mais si, affirme Karl, car vois-tu il n'est pas question que j'échange la Méhari contre un camion… Nous ne partons que pour quatre mois. Tu vas donc noter ce qui nous est strictement indispensable ; j'en exclus d'emblée les provisions, la batterie de cuisine, le réchaud ainsi que…

— Oui, je comprends, persifle Stéphane. Nous partons avec notre brosse à dents et les vêtements que nous portons sur le dos !

— C'est à peu près cela, lui répond Karl imperturbable. Les pièces de rechange de la voiture et les sacs de couchage ont la priorité. N'oublie pas que notre chargement total ne peut dépasser quatre cents kilos.

A contrecœur Stéphane se rend aux bonnes raisons de son mari et décide de commencer tout de suite le tri des affaires à emporter, ce qui ne lui prendra pas longtemps, assure-t-elle avec encore un peu d'humeur.

— L'incident semble clos, dit Karl en souriant à cousine Hortense. Je peux réfléchir en paix au conditionnement de nos bagages. La carrosserie bâchée de la Méhari n'offre aucune sécurité contre le vol. Comment faire ?

— J'y ai pensé, triomphe cousine Hortense, et elle se dirige vers l'appentis où elle sort à grand fracas les cantines qu'elle y avait entreposées.

— Voyez, Karl, il vous suffit de choisir celles dont les dimensions conviennent, de les fixer à la carrosserie et de les cadenasser. Bagages peu élégants, certes, mais résistant à tout. J'ai pensé qu'elles vous seraient plus utiles qu'à moi. J'y tiens mes lainages à l'abri des mites.

Karl jette son dévolu sur les deux plus grandes cantines qu'il pose l'une sur l'autre à l'arrière de la Méhari.

— Elles tiennent juste, dit cousine Hortense.

— Voilà un important problème résolu grâce à vous, reconnaît Karl en la remerciant.

Une animation inhabituelle règne au mas pendant quelques jours, plus de promenade sur la colline odorante, plus de sieste sur la couverture berbère. Enfin, le matin du grand départ arrive.

Martha et Stéphane en pantalon clair et tunique de madras font leurs adieux à cousine Hortense qui, très émue, noue et dénoue le cordon de son face à main.

— Mes petites chattes, écrivez-moi à chacune de vos étapes que je puisse suivre sur le planisphère votre progression. Tous mes vœux vous accompagnent.

— Merci, cousine Hortense. N'arrose pas trop les fleurs et ne gâte pas trop les bêtes.

Karl, à son tour, embrasse la vieille dame et lui murmure gentiment :

— Comptez-sur moi pour vous les ramener saines et sauves.

Rhum, vautré sur la banquette arrière de la Méhari, semble résolu à accompagner ses maîtres. Il faut les appels répétés de cousine Hortense et les menaces de Karl pour qu'il se décide, queue basse, à rentrer dans la maison où il est enfermé.

Martha et Stéphane s'installent à leurs places respectives ; Karl donne un ultime coup d'œil à la Méhari dont l'arrière s'est un peu affaissé et se met au volant. Lentement la voiture démarre. Cousine Hortense devant le mas agite un grand mouchoir blanc.

Au bas du raidillon aucun des voyageurs n'aperçoit la petite ombre blanche et rousse cachée sous un buisson. C'est Câline, la sauvage, qui n'est pas rentrée à temps pour dire au-revoir à ses maîtres.

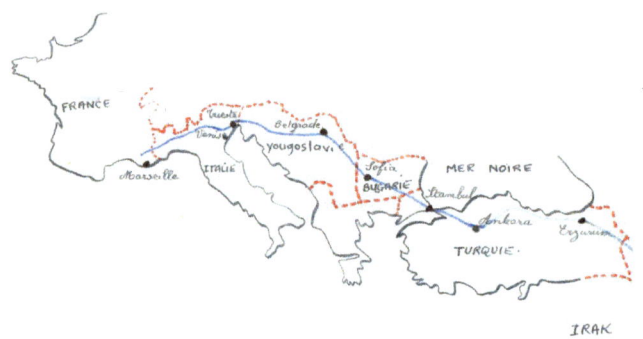

FRANCE

Marseille   ITALIE   Trieste   Venise   Belgrade   yougoslavi   Sofia   BULGARIE   Stambul   MER NOIRE   Ankara   Erzurum   TURQUIE   IRAK

_____ Itinéraire de la famille Eriksen.

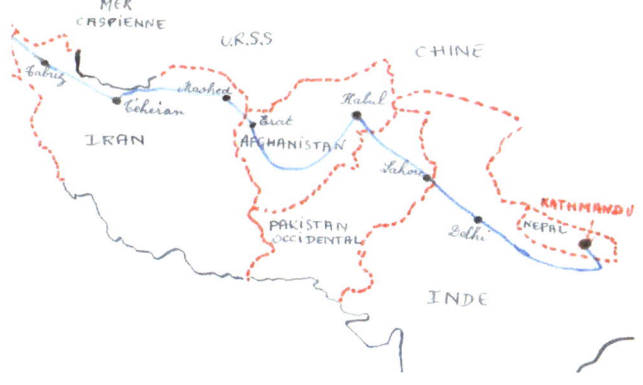

MER
CASPIENNE

U.R.S.S

CHINE

Tabriz

Mashed

Téhéran

Herat

Kabul

IRAN

AFGHANISTAN

Lahore

KATHMANDU

NEPAL

PAKISTAN
OCCIDENTAL

Delhi

INDE

Journal de Martha (première partie)

Depuis deux jours nous sommes à Katmandou où il pleut tant que les rues sont inondées, la Méhari noyée et les murs de la chambre couverts de moisissure. Je ne peux croire que les plus hautes montagnes du monde soient là, derrière ces collines plantées de rizières en terrasses et cachées par de monstrueux nuages noirs. C'est la fin de la mousson, dit Papa. En tous cas, le début d'une angine pour moi. Depuis hier, j'ai mal à la gorge et je suis fiévreuse. Serrés l'un contre l'autre, sous un immense parapluie, mes parents sont partis chercher l'autorisation qui nous permettra la semaine prochaine de quitter la vallée. Lasse de regarder les trombes d'eau s'abattre dans la cour de l'hôtel, je vais recopier les notes que j'ai griffonnées pendant notre si long voyage.

Nous avons roulé exactement vingt jours et dix nuits, mes parents se relayant souvent au volant tandis que je dormais, coincée entre les cantines aux arêtes meurtrissantes et le sac à outils bosselé. Mon père prolongeait les étapes dans les villes que nous visitions. Quand nous étions bien reposés, et que nous avions remis en état notre unique tenue de route, nous repartions. Oh, ces villes toujours plus surprenantes, colorées et malpropres, à mesure que nous avancions vers l'orient.

De Venise, j'ai discerné à l'horizon les lointaines illuminations tandis que Papa m'expliquait qu'à trois heures du matin ce n'était pas la peine de s'y arrêter et que maman m'y promettait, à notre retour, un séjour enchanteur et une promenade en gondole. Écœurée, j'ai grogné qu'il ne fallait jamais remettre à un lendemain incertain ce qui pouvait être fait la nuit même, et j'ai repris mon sommeil interrompu.

Depuis que j'ai passé deux jours complets à Istanbul, j'ai cessé de remâcher ma déception vénitienne. Nous y sommes arrivés en fin d'après-midi ; le temps de trouver un gîte et nous étions sur le bateau qui traverse le Bosphore. Le soleil couchant incendiait la ville et les nombreuses mosquées dont les minarets effilés comme des sucres d'orge se détachaient sur le ciel transparent. Tant de beauté ne nous a cependant pas rassasiés puisque nous nous sommes jetés sur les éventaires des marchands ambulants ; notre souper, ce soir-là, s'est composé d'un épi de maïs bouilli, d'un cornet de poissons frits et d'une grappe de raisin muscat.

Un sommeil réparateur de douze heures nous a permis de poursuivre avec entrain la visite de la ville. La circulation dense y engendrait de formidables embouteillages qui n'ont pas troublé l'excellent conducteur qu'est papa. Il a commencé à actionner le klaxon avec autant d'énergie qu'un turc et cousine Hortense réunis, ce qui le dispensait d'utiliser les clignotants et de freiner.

La Méhari s'est faufilée dans les rues escarpées bordées de maisons mal entretenues et s'est arrêtée sur l'esplanade où se tient l'écrasante Sainte Sophie, successivement église, mosquée, puis musée. Nous y avons passé deux heures, le nez levé à admirer les coupoles, le dôme et les mosaïques byzantines.

Peu de temps après, nous mettions la voiture sur le bac et nous quittions Istanbul.

Le lendemain à l'aube, alors qu'à moitié somnolente, je déplorais qu'aucun incident, aucune aventure et rencontre n'aient donné quelque piquant à notre voyage, maman qui conduisait a délibérément quitté la route, dévalé une dune et ensablé la voiture. L'envie d'un bain matinal dans la mer Noire lui avait, sans aucun doute, fait surestimer les possibilités de la Méhari. Le réveil de papa a été assez tempétueux, il a fixé l'eau très proche d'un air abasourdi, examiné les traces profondes qui marquaient la plage et s'est tourné vers maman qui, sur la défensive, était déjà hérissée comme une chatte en colère. Je ne puis rapporter ici leur dialogue, conséquence certaine d'une nuit blanche.

Enfin, je me suis mise au volant tandis que mes parents poussaient la voiture qui, en dépit de leurs efforts, est demeurée fichée dans le sable. Nous commencions à nous décourager lorsque des petits garçons sont arrivés en courant ; avec leur aide, la Méhari s'est hissée sur la pente qu'elle avait si allègrement descendue !

Dans l'immense fourre-tout qui depuis le début du voyage ne la quitte pas, maman cherchait quelques bonbons à leur distribuer quand ils se sont enfuis comme une volée de moineaux, nous laissant stupéfaits. Ils sont vite revenus les bras chargés de sacs remplis d'avelines qu'ils nous ont offertes. J'en ai toujours une, la plus grosse, la plus veloutée que je conserve en souvenir de ces enfants turcs. Je les revois encore tous semblables, la tête rasée et le short trop large saluant tristement notre départ.

C'est le sixième jour de notre voyage que nous avons abordé les mauvaises pistes de la Turquie orientale. Au train de vieux camions bringuebalants, la Méhari a gravi des cols arides, s'est enfoncée dans des vallées boisées. La chaleur nous ayant incités à enlever les portes de toiles et les bâches latérales, la voiture a été bientôt envahie par la poussière. Les boucles rousses de maman, la barbe de papa avaient blanchi en quelques heures. Nous avons dû longuement nous brosser, nous laver avant d'arriver à Herzurum où notre équipage de meuniers aurait fait sensation.

C'est là que maman a prononcé pour la première fois cette phrase que j'allais entendre bien souvent au cours de notre voyage : « Ne crois-tu pas qu'une voiture plus étanche aurait été préférable ? ».

Papa nous avait promis un long repos à Téhéran. La première lettre de cousine Hortense nous y attendait : dahlias et tournesols étaient en pleine floraison ; par jalousie, Câline avait occis deux des pigeons paons, bien que s'ennuyant beaucoup, Rhum n'avait pas perdu l'appétit ; les machines à tricoter se révélaient finalement assez peu commodes…

Après avoir expédié quelques cartes postales, nous avons marché dans la ville torride ; de larges avenues se coupant à angle droit, des immeubles modernes et un flot ininterrompu de voitures, pour la plupart américaines, en font une cité presque occidentale. Nous avons délaissé les quartiers neufs au profit du grand bazar où nous avons erré des heures, fascinés par l'amoncellement de marchandises variées et par le travail des artisans étameurs et ciseleurs. Bousculés par des porteurs lourdement chargés, assourdis par le martèlement des métaux, sollicités par des vendeurs de tapis et de bijoux anciens, nous avons eu beaucoup de peine à nous sortir de ce labyrinthe.

Toutes les richesses de l'Orient nous attendaient au sous-sol de la banque où Papa nous a ensuite emmenées. Transformée en chambre forte, cette moderne caverne d'Ali-Baba recèle les trésors et les bijoux de l'empire iranien : manteaux d'apparat tissés de fil d'or et brodés de perles, couronnes sur lesquelles étincellent les plus beaux joyaux du monde, ruissellement des émeraudes, rubis et diamants, en vrac derrière des vitrines. Leur vue m'a fait venir l'eau à la bouche ; puisqu'elles en avaient la couleur, ces pierres devaient avoir le goût fruité et acidulé de mes bonbons préférés. Toute à ma convoitise, je me suis appuyée à la vitrine, une sirène a mugi, les portes blindées se sont refermées automatiquement ; j'avais déclenché le signal d'alarme. Maman m'a gratifié de quelques noms d'oiseaux ; c'est sur cet incident gênant que s'est terminée notre visite du trésor iranien.

Trois jours à Téhéran avaient suffi pour qu'un habile blanchisseur redonne leur lustre à nos vêtements et que la Méhari dûment dépoussiérée et lavée retrouve son initiale couleur verte. Nous pouvions donc poursuivre notre route vers l'Est. Le soir nous avons bivouaqué sur une des plages grises de la mer Caspienne. Sous le ciel nuageux, l'air était lourd, immobile, et l'eau plombée n'invitait pas à la baignade. Nous avons somptueusement dîné de caviar, de tomates et de melons.

Le lendemain nous sommes arrivés à Mashed, dernière ville iranienne et haut lieu de l'Islam avec sa mosquée d'or dont nous apercevions le dôme brillant. Il n'était pas question de mettre pied à terre dans la ville sainte sans nous être empaquetées, Maman et moi, dans le voile sombre qui dissimule le visage et le corps des femmes iraniennes.

Nous nous sommes contentés de tourner en voiture autour de la mosquée, admirant sa décoration de faïence ocre et turquoise et ses coupoles plus bleues que le ciel. La curiosité malveillante, l'hostilité des pèlerins nous ont fait bien vite quitter Mashed où nous nous sentions par trop étrangers et « indésirables ».

« Qu'on soit à Fatima, Lourdes ou Bénarès, il ne faut pas, sous prétexte d'intérêt touristique, gêner les croyants dans leurs pratiques religieuses », a conclu Papa en reprenant la piste.

Nous abordions le segment le plus dur de notre route : la piste jusqu'à la frontière afghane, et quelle piste ! Profondément ravinée, parsemée de nids de poules, de grosses pierres et très peu fréquentée. Nous avons traversé une contrée boisée, jalonnée tous les deux kilomètres de grandes pancartes « NO STOP* ». Papa, cramponné au volant, conduisait très vite comme il se doit sur « la tôle ondulée », tandis que Maman agrippée à son siège énumérait les causes probables de cet interdit inquiétant et faisait des vœux pour qu'une inopportune crevaison ne nous le fît pas transgresser. Ballotée à l'arrière de la Méhari dont le plastique vibrait effroyablement, je commençais à trouver le voyage bien long…

Notre entrée en Afghanistan s'est faite sous les meilleurs auspices. Un soldat joyeux chantant à pleine voix quelque verset du Coran, ou peut-être le dernier tube de radio Kaboul, a ouvert toute grande la porte séparant symboliquement son pays de l'Iran. La Méhari lui a arraché des exclamations enthousiastes : « Plastik, plastik ! ».

Nous avons roulé doucement vers le poste frontière d'Islam Qala brillamment éclairé. Hélas, douaniers et policiers dînaient et rien n'a pu les décider à viser nos passeports le soir même. Nous avons donc pris la dernière chambre de l'hôtel caravansérail qui hébergeait déjà pêle-mêle dans ses couloirs des hippies chevelus et des familles afghanes. Immédiatement, maman a disparu dans le cabinet de toilette rudimentaire tandis que j'accompagnais papa en quête de nourriture. Un sympathique couple d'Anglais nous a abordés ; les impressions de voyage échangées, la décision de faire route ensemble jusqu'à Kaboul a été prise.

*No Stop - Arrêt interdit

Puis papa a obtenu de l'hôtelier souriant trois plateaux abondamment garnis de riz, de brochettes et de thé, et nous avons regagné la chambre où nous avons passé une nuit mouvementée à nous défendre contre les moustiques.

Le lendemain, quelques hippies, qui attendaient certainement depuis plusieurs jours l'occasion de poursuivre leur voyage, se sont précipités à notre rencontre quand nous sommes sortis du poste de police où nous étions restés deux heures. Nos amis anglais Mr. et Mrs. Chapman, dont la Land Rover n'était pas chargée, ont accepté de prendre deux jeunes américains à l'allure famélique, mais papa, contre la convoitise d'un troisième, a défendu fermement la petite place où je pouvais étendre les jambes.

Sur la belle route bétonnée, les deux voitures progressaient régulièrement vers Kaboul distant de mille quatre cents kilomètres à travers une contrée aride, minérale, marquée de molles ondulations qui s'élevaient peu à peu jusqu'à fermer l'horizon d'une barrière montagneuse. Le temps s'étirait lentement au fil des kilomètres et pourtant la monotonie du paysage figé sous l'éclat vertical du soleil ne me lassait pas. Sur un promontoire rocheux les deux voitures se sont arrêtées assez loin l'une de l'autre. Désireuse d'éprouver la qualité de mon anglais et d'interviewer les hippies, j'ai demandé à mes parents, qui me l'ont accordé, la permission de monter dans la Land Rover jusqu'au prochain arrêt, puis sans souci, je me suis lancée à l'escalade d'une pente assez raide, parsemée d'énormes blocs qui me cachaient la route. Alors que je ramassais quelques cailloux veinés, destinés à enrichir ma collection, un bruit de moteur m'a fait sursauter. Alarmée, j'ai regagné aussi vite que possible la chaussée pour voir disparaître les deux voitures. Un instant, j'ai cru follement à une mauvaise plaisanterie, un des deux véhicules allait faire demi-tour et me recueillerait…

Hélas, leur ronronnement décroissant m'a détrompée et j'ai compris que j'étais victime d'un malentendu, effet de ma légèreté. Mr. et Mrs. Chapman, puisque je ne le leur avais pas dit, ignoraient mon intention de monter avec eux et pensaient que j'étais dans la Méhari ; mes parents me croyaient dans la Land Rover ! Ce n'est qu'au prochain arrêt que mon absence serait remarquée. Jusqu'à leur retour, j'étais seule à plusieurs centaines de kilomètres d'une ville et dans un pays peut-être dangereux.

Je me suis effondrée en sanglotant au bord de la route, jusqu'à ce que, coupant le silence pesant du désert, un bruit lointain me rende l'espoir. Retenant mon souffle et mes pleurs, j'ai perçu un vrombissement dominé par un écho de voix humaine. La prudence la plus élémentaire me recommandait de ne pas faire de stop et même de ne pas être vue. Je me suis donc dissimulée derrière un rocher et de cet abri précaire j'ai risqué un œil circonspect. C'était un camion vétuste, naïvement décoré d'animaux peints et transportant en sus d'un chargement de sacs, une vingtaine d'hommes enturbannés qui chantaient à l'unisson. Avec de violents battements de cœur, je l'ai vu disparaître et, pour tromper mon attente, j'ai décidé de marcher un peu.

Luttant contre les larmes, j'ai essayé de fredonner un air entraînant, ma voix tremblante et mal assurée sonnait si désagréablement dans le silence absolu que j'ai préféré me taire. Plusieurs fois, j'ai quitté la chaussée pour me terrer dans le bas-côté au passage de camions aussi curieusement peints et surchargés que le premier.

Je marchais depuis deux heures, la nuit tombait. Une nouvelle crise de désespoir m'a submergée, les larmes brouillaient ma vue tant et si bien que je suis venue buter contre une fille qui depuis quelques minutes devait guetter mon approche. Elle m'a retenue fermement par le bras et nous nous sommes dévisagées en silence. Elle semblait avoir mon âge, son visage brun était marqué sur le front et sur les joues de trois points bleus, elle portait sur une tunique longue de lourds bijoux d'argent incrustés de corail. Un pantalon bouffant tombait sur ses chevilles nues. Elle a avancé vers mon visage couvert de larmes une main fine et plutôt malpropre, en prononçant avec volubilité quelques mots incompréhensibles, puis elle a grimpé sur le talus et j'ai compris qu'elle signalait ma présence à ses compagnons.

Que faire ? Fuir ? Je serais vite rejointe…

La fille n'avait fait montre d'aucune hostilité à mon égard, je me suis donc décidée à la rejoindre. J'ai découvert alors à quelques centaines de mètres un campement de tentes sombres, un troupeau de chameaux et se dirigeant vers nous quatre hommes armés de fusils. A demi-morte de peur, je les ai attendus. Ils m'ont regardée curieusement puis ont posé plusieurs questions à la fille restée près de moi. Elle leur a répondu avec vivacité, le bras tendu en direction de la route. Leur visage n'exprimait rien qu'un étonnement croissant. J'ai vite renoncé, devant leur totale incompréhension, à expliquer mon aventure en français et en anglais. Sortant le calepin qui ne quitte jamais la poche de mon pantalon, j'ai entrepris laborieusement, sous leurs yeux ébahis, le dessin de mon odyssée. Le carnet a passé de main en main pendant que le plus âgé des hommes parlait interminablement. La fille, d'un geste et d'un sourire, m'a invitée à l'accompagner jusqu'au campement. Je l'ai suivie lorsque j'ai compris qu'un homme, muni, ô prodige, d'une lampe de poche, allait rester sur la route et y arrêter les voitures.

La nuit était tombée, un vent frais s'était levé quand nous avons atteint les premières tentes entre lesquelles se mouvaient, ombres monstrueuses, les plus grands chameaux qu'on puisse voir.

Journal de Martha (suite et fin)

Apparemment la jeune fille m'avait prise sous sa protection ; elle a éloigné d'un jet de pierres précis les grands chiens dont la vue m'avait tiré des cris d'effroi et a repoussé fermement les enfants qui se bousculaient autour de nous. A sa suite, je suis entrée sous une des tentes. Quittant mes espadrilles poussiéreuses, je me suis assise comme elle m'y invitait sur un tapis épais et, oubliant une seconde mon angoisse, j'ai jeté autour de moi un regard curieux ; la lueur d'un faible lumignon me permettait juste de discerner quelques ustensiles de cuisine et d'apprécier la beauté des tapis sur le sol. J'y ai passé la main en murmurant : « Comme ils sont beaux ! ». Ma compagne a éclaté de rire et répété cette phrase avec un accent effroyable. Nous nous sommes regardées en souriant. Vraiment elle me plaisait beaucoup et sa présence amicale dissipait mon anxiété. Dans un bruissement d'étoffe et un cliquetis de métal, elle s'est levée et fondue dehors dans la nuit.

Une longue attente a commencé. Sur la route, aucun bruit, même les camions avaient cessé de circuler, je n'entendais que le souffle puissant des chameaux très proches et autour de ma tente des chuchotements et des allées et venues furtives. Anéantie, j'ai glissé dans un engourdissement profond. Le contact d'une main sur mon épaule m'a fait reprendre conscience, la jeune fille me tendait un verre de thé que j'ai vidé avidement. Elle m'a apporté ensuite un plat de viande grillée très dure mais d'une grande fraîcheur. Mon repas était terminé et je me demandais où j'allais essuyer ma main toute graisseuse quand j'ai perçu un moteur : celui de la Méhari, j'en étais certaine, je l'aurais reconnu entre mille. L'homme à la lampe de poche saurait-il se montrer assez convaincant pour que mon père freine ? J'aurais dû rester au bord de la route avec lui et ne pas céder à l'insistance des nomades. Joie ! Le moteur s'est arrêté. Les voix se sont rapprochées, je distinguais celle de ma mère, essoufflée, pleine de larmes…Mes parents sont apparus à l'entrée de la tente.

Bien sûr, j'ai été un peu grondée. Ils craignaient ne plus jamais me revoir et se reprochaient d'avoir laissé partir la Land Rover sans savoir si j'y étais montée. Leur arrivée tardive s'expliquait par le fait qu'ils avaient arrêté chaque véhicule circulant en sens inverse pour vérifier que je ne m'y trouvais pas. Papa ne savait que dire et que faire pour remercier mes sauveurs qu'il a suivis dans une tente voisine où il est resté fort longtemps.

Du thé et de la viande ont été servis à maman qui y a fait un grand honneur. Mais toutes les cinq minutes, elle se tournait vers moi, m'appelait sa fille chérie, me serrait contre elle et recommençait à pleurer. J'ai eu fort à faire pour la calmer. Curieuse des surprenantes mœurs européennes, la jeune fille ne nous quittait pas des yeux.

Papa, restauré lui aussi, nous a dit que nous passerions la nuit au campement. On nous a apporté de lourdes couvertures sous lesquelles, serrés les uns contre les autres, nous avons passé une des meilleures nuits de notre voyage. Nous nous sommes éveillés très tôt. Les foyers s'allumaient çà et là entre les tentes, les nomades désentravaient les moutons et les dispersaient à grands cris autour du campement, d'énormes chiens erraient en quête d'une nourriture problématique. Après avoir bu le thé, j'ai fait mes adieux à mon amie et, saisissant son mince poignet brun, j'y ai attaché mon bracelet montre. Sa joie évidente a compensé largement le petit sacrifice qu'avec l'assentiment de mes parents, j'avais décidé de faire. Quelques hommes nous ont accompagnés jusqu'à la Méhari. Impassibles et muets, ils ont assisté à notre départ.

« Tu as eu l'aventure dont tu rêvais, a conclu papa. Maintenant, jusqu'à notre arrivée à Katmandou, je ne te quitte plus des yeux ! ».

Mr. et Mrs. Chapman navrés avaient dû, faute de temps, poursuivre leur route jusqu'à Kaboul où nous les retrouverions peut-être.

Très tard dans la nuit, nous nous installions dans une des immenses chambres du Kaboul Hôtel où nous reprenions contact avec les raffinements de la civilisation : lits douillets, salle de bain et ventilateur.

Toute la famille s'étant prise d'une passion définitive pour la ville, nous y sommes restés trois jours. Le matin, nous nous promenions dans le bazar où, comme des écureuils, nous faisions provisions de noisettes, d'amandes, de raisins et d'abricots séchés, ou bien nous déambulions dans le marché aux bestiaux où papa prenait des photos. Épais et laineux, des moutons trainaient un arrière train volumineux, cuirassé de graisse et teint au henné. Une nuée de mouches s'attachaient au flanc des dromadaires.

Nous prenions régulièrement nos repas au Khibber restaurant, point de rendez-vous des hippies errants sur la route vers l'Inde. A défaut d'une nourriture savoureuse, nous y goûtions un exotisme unique au monde. J'y aurais passé des heures, comme au cinéma. Les Afghans qui sirotaient d'interminables boissons gazeuses ne se lassaient pas du folklore qui leur était ainsi livré à domicile : garçons à cheveux longs, chignons, catogans ou tresses, filles portant des vêtements masculins, gandourah ou chemises indiennes. Quel que soit leur sexe, tous étaient parés de bijoux barbares achetés au hasard de leur voyage.

L'après-midi maman nous entraînait d'échoppe en échoppe, en quête de la poustine idéale, en peau de chèvre retournée et brodée, qui nous protègerait de l'hiver népalais. Nous en avons essayé des dizaines avant d'arrêter notre choix. Après un marchandage, papa s'étonnait de la modicité de leur prix.

Nous faisions aussi des visites répétées aux magasins chics qui exposaient des tapis aux motifs d'une finesse inconcevable et des bijoux anciens. Malheureusement la faible capacité de la voiture a limité nos achats que nous nous sommes promis de compléter à notre retour.

Nous nous sentions à l'aise à Kaboul où notre qualité d'étrangers n'a suscité ni curiosité, ni malveillance. Où que nous allions, nous étions bien accueillis, le thé nous était souvent offert et le marchandage obligatoire se faisait sans âpreté, avec beaucoup de rires. En serait-il de même au Népal ?

Hélas ! Il fallait quitter l'Afghanistan où nous ne nous étions que trop attardés. La Khibber Pass franchie, nous abordions un autre monde.

La chaleur moite, étouffante, a rendu très pénible la traversée du Pakistan : coca-colas et boissons gazeuses absorbés toutes les heures n'étanchaient pas notre soif. La route asphaltée mais si étroite que deux véhicules ne pouvaient s'y croiser, l'un devant obligatoirement se ranger dans le bas-côté, était encombrée de chars à bœufs, de gros camions aux ridelles peintes et même de piétons. Y tenir sa gauche à trente kilomètres heure était une prouesse. Après avoir évité de justesse un véhicule borgne qu'il avait pris pour une moto, mon Père a décidé de ne plus rouler de nuit.

Pendant encore une semaine, notre lente progression vers l'Est a continué, coupée par une courte étape de vingt-quatre heures à Delhi où un ami de Papa, correspondant d'un journal norvégien, nous a hébergés. Il habitait un grand bungalow blanc au milieu d'un jardin tropical. Nous avons déjeuné dehors, défendant notre nourriture contre la gourmandise d'adorables rats palmistes à demi-apprivoisés. En dépit de leur nom, ce sont de petits écureuils au poil gris rayé de jaune sur le dos et à longue queue touffue.

Je ne parlerai pas de notre voyage jusqu'à la frontière népalaise. L'impénétrable monde indien découvert d'une voiture sous la mousson est bien déprimant : grouillement humain sur la route et dans les villes informes que nous traversions, pluie et boue ! Comme je regrettais le désert.

C'est là que la Méhari a révélé ses insuffisances ; toutes bâches mises, nous y étouffions et l'eau s'infiltrait par de multiples gouttières. Il a donc fallu que nous enlevions les portières et que nous la laissions se transformer en piscine. Éclaboussée de boue, les pieds nus dans la flaque d'eau tiède qui stagnait sous son siège, maman évoquait avec nostalgie le confort d'une 2 CV. Enfin papa a eu l'idée d'agrandir les trous prévus dans le plastique pour l'évacuation de l'eau. A l'arrière, je barbotais comme un canard…

Nous dormions chaque soir à l'hôtel, très heureux de trouver, sous un grand ventilateur, des lits de sangle couverts d'une moustiquaire.

Je n'ai laissé en Inde aucun regret, si ce n'est celui d'en avoir une vision très incomplète faussée par la mousson. J'y reviendrai !

La frontière népalaise passée, nous avons commencé à monter à l'assaut de collines couvertes d'une végétation très dense – Katmandou était là, derrière son enceinte naturelle qu'un col à trois mille mètres nous permettrait de franchir. Au-dessus de rizières étagées, quelques chaumières ocres et blanches étaient fleuries à profusion de soucis et de volubilis. L'air changeait de qualité, plus frais, plus léger à mesure que nous nous élevions… Nous laissions derrière nous les miasmes et la moiteur des Basses Terres.

Nous avons doublé un enfant qui, à l'aide d'une lanière frontale, portait sur le dos une hotte d'osier tressé. Il a tourné vers nous un visage rieur aux yeux bridés surmonté d'une petite calotte – le topi. Des nuages sombres s'accumulaient au sommet des monts toujours plus hauts et plus verts. Un véritable déluge s'est abattu sur nous. Par endroits, la mousson qui sévissait depuis juillet avait coupé la route d'avalanches de pierres et de terre qu'il fallait passer en première. La nuit tombait lorsqu'enfin nous avons distingué des points lumineux en contre-bas. Nous étions presque arrivés.

« C'est cela Katmandou ? », ai-je demandé à mon père une heure plus tard. La voiture roulait sur une large avenue éclairée de tubes au néon, entre des maisons cubiques, de ciment brut.

« C'est cela et autre chose que nous découvrirons demain », a répondu mon père en arrêtant la voiture devant un hôtel brillamment éclairé dans un grand jardin.

La déception, la fatigue et un mal de gorge naissant m'ont fait monter les larmes aux yeux.

Enfin, il ne pleuvait plus. Je suis restée recroquevillée dans la voiture tandis que mes parents choisissaient une chambre. Papa est revenu accompagné de deux garçons vêtus d'un pantalon très étroit, d'une blouse serrée à la taille par une large ceinture, et coiffés d'un topi.

Ils m'ont souri en articulant avec ensemble : « Good evening, Memsahib*».

Mon père a sorti de la cantine la valise contenant nos vêtements et la leur a confiée. Nous avons gagné le hall de l'hôtel où notre allure de chien mouillé a éveillé la curiosité d'un groupe de vieilles dames américaines chapeautées et maquillées. Il n'était pas décent que je continue à m'égoutter sur la moquette toute neuve et j'ai bien vite rejoint Maman dans notre appartement.

Le lendemain, nous quittions l'hôtel Shanker pour un autre plus modeste au centre de la ville : « Le Panorama ». C'est d'une de ses chambres désuètes où le poussiéreux confort anglais s'agrémente de quelques productions de l'artisanat local que je mets le point final à mon long journal de route.

* Good evening, Memsahib - Bonsoir Madame

La famille Eriksen à Katmandou

Martha est malade, bien malade. Ses parents l'ont trouvée grelottante sous trois couvertures, revivant dans son délire, au rythme de la fièvre, les épisodes les plus éprouvants de leur voyage. Le médecin consulté a recommandé son entrée à l'hôpital américain où les meilleurs soins lui seraient donnés.

« Ce n'est apparemment qu'une grosse angine, mais je ne veux prendre aucun risque. Diverses épidémies règnent dans la vallée pendant la mousson ».

Très alarmés, Karl et Stéphane accompagnent leur fille à l'hôpital où heureusement les examens confirment le diagnostic rassurant du médecin.

Martha avale docilement comprimés et sirops, se gargarise à grands bruits, mais offre un bras récalcitrant à la piqûre journalière. Tant de bonne volonté est récompensée. Le grand battement de la fièvre la quitte enfin et elle ouvre un beau matin des yeux éblouis sur le ciel parfaitement bleu.

« Ce n'était ni le choléra, ni le typhus, ni la peste bubonique, dit-elle à ses parents qui, depuis cinq jours, se sont relayés à son chevet. J'ai faim, et je mangerai volontiers une entrecôte saignante ».

— Ma pauvre Martha, que nous demandes-tu là ? Tu te contenteras de l'ordinaire de l'hôpital : riz et viande bouillie. Si le médecin nous y autorise, nous t'emmènerons ce soir et nous t'installerons chez Madame Franz.

— Qui est-ce ? demande Martha.

— Une compatriote, répond Karl. Elle a épousé un Autrichien travaillant aux Nations-Unies à Katmandou. Nous nous sommes découverts des amis communs à Oslo et elle a gentiment proposé que tu passes ta convalescence chez elle.

— Et vous ? demande Martha soudain méfiante.

— Sois raisonnable, ma petite fille, reprend son père. Je ne peux continuer à perdre du temps ici. A partir de Pokhara, il faut 6 jours de marche pour atteindre la haute vallée où je dois travailler et tu es trop affaiblie pour nous accompagner maintenant. Voici ce que je te propose : ta mère et moi partirons dans trois jours et tu nous rejoindras à la fin du mois, accompagnée de Monsieur et Madame Franz qui seront, à ce moment-là, en congé.

— Je suis prête à rester avec toi, si tu le désires, ajoute Stéphane en embrassant sa fille songeuse.

Martha réfléchit : être séparée de ses parents, vivre chez des étrangers ne l'enthousiasment pas. Cependant elle hésite à bouleverser par caprice le projet de son père. Pleine d'espoir, elle demande :

— Monsieur et Madame Franz ont-ils des enfants ?

— Non, répond Karl. Madame Franz est seule, son mari est parti dans le Teraï*. Elle sera très heureuse de t'accueillir. De ta chambre, tu auras une vue magnifique sur un beau temple bouddhiste Swayambunath et sur l'Himalaya. Dès que tu seras en forme, tu pourras te promener à vélo dans la ville et dans la campagne.

— J'accepte, décide Martha. De toutes façons, je vous rejoindrai bientôt. C'est juré ?

— C'est juré, promettent d'une seule voix ses parents…

Enveloppée dans une couverture à l'avant de la Méhari qui a eu la possibilité de sécher depuis la fin de la mousson, Martha découvre l'ancien Katmandou. A Hanuman Doka*, un taureau bossu médite au pied d'une pagode et bloque la circulation, une cloche tinte régulièrement, des hommes se pressent autour d'un petit temple pour y vénérer une divinité inconnue. Martha est conquise d'emblée et se promet d'explorer la ville aussitôt que possible.

La Méhari se faufile dans les rues étroites, franchit une rivière boueuse – la Bagmati, précise Karl – puis avance sur une route défoncée au milieu des rizières.

— Est-ce encore loin ? demande Martha qui aurait souhaité habiter au cœur de la ville.

— Nous sommes arrivés, répond son père en désignant un bungalow blanc.

* Teraï - Basses Terres recouvertes par la jungle à la frontière indienne
* Hanuman Doka - La Place du Singe

Il appuie discrètement sur le klaxon, un jeune népalais se précipite pour ouvrir le portail. Vêtu de blanc et souriant de toutes ses dents. Martha s'étonne de le trouver semblable à tous ceux qu'elle a déjà rencontrés. Il ébauche une sorte de salut militaire avant de refermer la lourde porte. Sur la terrasse de la maison, une grande femme blonde, très élégante, accueille Martha.

— Madame Franz, voici ma fille, dit Karl en anglais.

Rougissante, Martha serre la main qui lui est tendue et fait de louables efforts pour répondre correctement à la protocolaire phrase de bienvenue de son hôtesse.

A la suite de son père, elle pénètre dans un grand salon où une dizaine d'Européens le verre à la main discutent par petits groupes. Un peu étourdie, souriant mécaniquement, elle se plie au rituel des présentations, puis se jette au cou de sa mère qu'elle découvre enfouie dans un fauteuil, écoutant les récits d'une globe-trotter américaine.

— Tu as une mine épouvantable, Martha. Viens vite te coucher.

La chambre réservée à Martha est très confortable avec un climatiseur et une salle de bain particulière. Au-dessus du lit, un cadre de bois soutient une grande moustiquaire blanche.

— Ne seras-tu pas mieux ici qu'à l'hôtel Panorama ? lui demande sa mère, tandis que Martha se glisse dans les draps frais.

— Si, Maman. Je n'ai jamais joui d'un tel confort. Pense donc, une salle de bain pour moi seule…Ne trouves-tu pas que Madame Franz a l'air un peu froid ?

— Madame Franz n'est pas expansive, mais elle a gentiment insisté pour te prendre chez elle et elle t'assurera le bien-être dont tu as besoin. À demain matin, ma chérie.

Épuisée, Martha dort profondément jusqu'à ce que deux coups légers frappés à la porte l'éveillent.

— Entrez, crie-t-elle plusieurs fois, en vain…

Les heurts discrets se renouvellent, elle répète son invitation en anglais, une silhouette menue se glisse dans la chambre et s'y affaire en silence ; les doubles rideaux tirés, Martha découvre dans un rayon de soleil une ravissante népalaise.

Est-elle plus âgée que moi, se demande -t-elle en examinant la minuscule jeune fille qui relève la moustiquaire. Son visage est aussi finement dessiné que celui d'une poupée, une natte épaisse lui bat les reins et elle sourit avec gentillesse. Dans un anglais hésitant, coupé de mots français et népali, le dialogue commence. Elle s'appelle Laxmi, elle a vingt-cinq ans, trois enfants, et elle est triste que la jeune étrangère soit malade. À son tour Martha se présente, assure qu'elle se sent tout à fait bien et qu'elle est prête à dévorer le contenu du plateau posé sur ses genoux.

Laxmi semble aussi insouciante et joyeuse qu'une enfant. Elle rit aux éclats quand Martha, ayant terminé son petit déjeuner, quitte le lit d'un bond et l'entraîne vers la glace pour lui montrer qu'elle la dépasse d'une tête. C'est ce moment-là que choisit Madame Franz pour entrer dans la chambre. Elle dit, détachant bien chaque mot pour se faire mieux comprendre :

— Laxmi, vous perdez du temps…Martha, vous n'êtes pas raisonnable. J'ai promis à vos parents que vous vous reposeriez jusqu'à midi.

Laxmi rassemble hâtivement la théière et les assiettes sur le plateau et disparaît après avoir fait une grimace amusante à Martha qui a promptement regagné son lit.

Madame Franz, la main sur la poignée de la porte, dit encore :

— Je vous demanderai de garder vos distances avec mes serviteurs : les deux bonnes, le jardinier et le portier. Ils sont naturellement gais et n'ont que trop tendance à s'amuser…Nous déjeunerons à une heure avec vos parents…

— Bien Madame, répond Martha, qui ajoute intérieurement : je ne sais pas comment me comporter avec des « serviteurs », mes parents n'en ont jamais eu. Je trouve les gens sympathiques ou antipathiques, et je le leur montre. C'est tout.

Martha, qui n'a plus du tout sommeil, se demande ce que font ses parents. Ne voulant pas envahir la maison de Madame Franz, ils ont conservé leur chambre à l'hôtel Panorama…Ils doivent préparer leur départ pour la Takhola, visiter la ville ou faire tout simplement la grasse matinée.

A midi, elle se lève et se dirige vers la fenêtre ouverte. À travers la moustiquaire, elle découvre au milieu des rizières blondes, une éminence boisée surmontée d'un édifice doré autour duquel le vent agite d'innombrables banderoles.

— Swayambunath, le temple dont m'a parlé Papa, murmure-t-elle. Mais où sont les montagnes ?

Son regard erre très haut dans le ciel d'un bleu intense, suit à l'horizon la ligne des collines sombres, s'arrête soudain sur une aiguille étincelante, puis sur une pyramide blanche aux pans d'ombre et de lumière.

— Papa, maman, venez voir les montagnes. Je n'aperçois malheureusement que deux sommets, dit Martha à ses parents qui viennent d'arriver.

— Ce n'est pas si mal. De Katmandou, tu ne peux voir tout l'Himalaya, répond Karl en riant. Prépare-toi vite, Martha !

Le repas est succulent ; la viande de buffle grise et fibreuse, l'inévitable riz n'y figurent pas. La famille Eriksen se récrie d'admiration devant les crevettes en sauce, la montagne de frites que Madame Franz a commandées pour flatter le goût de ses invités français.

— Depuis que les produits congelés arrivent, nous avons une nourriture très variée. En quinze jours, je vous promets que votre fille retrouvera ses kilos perdus, dit-elle, tandis que Martha accepte une nouvelle portion de frites croustillantes.

Après une courte sieste, Martha fait sa première sortie de convalescente. Stéphane, installée pour une fois à l'arrière de la Méhari, glisse son visage entre celui de Martha et de Karl.

— Qu'y a-t-il au programme, Karl ?

— A l'occasion des différentes courses que nous devons faire, nous montrerons la vallée à Martha pour qu'elle puisse s'orienter après notre départ. J'ai maintenant rendez-vous avec nos deux porteurs.

Les hommes que Karl a recrutés pour transporter son matériel jusqu'en Takhola attendent patiemment, assis sur leurs talons, devant un temple désaffecté servant de dépôt à un marchand de tissus. Le plus grand, vêtu comme un alpiniste, est relativement propre. Son anorak de nylon, sa culotte de montagne bien qu'ayant connu des jours meilleurs sur le dos de quelque européen, n'en contribuent pas moins à son prestige.

— Tu lui laisseras tes Pataugas quand tu n'en auras plus besoin, dit Martha, qui a remarqué les baskets informes et trouées jurant avec sa tenue de montagnard.

— C'est un Sherpa, précise Karl, à la fois cuisinier, guide et interprète. Il parle anglais et paraît-il tibétain. Son compagnon est Tamang.

— Je croyais que tous les porteurs étaient des Sherpas, dit Stéphane.

— C'est une confusion courante. Les Sherpas sont les habitants d'une petite vallée orientale au pied de l'Everest. Les Tamangs qui vivent dans les collines autour de Katmandou sont aussi des porteurs robustes et endurants.

A la vue de la Méhari, les deux hommes se sont levés ; le Sherpa salue dans un anglais quasi inintelligible, le Tamang s'incline sur ses mains jointes et dit « Namasté* ».

* Namasté - Bonjour

64

— « Namasté », lui répondent en chœur Stéphane et Martha. Il est aussi laid qu'une gargouille, le visage aplati, le front bas raviné de rides et la peau grêlée, mais son sourire enfantin et confiant fait qu'elles le trouvent d'emblée sympathique. Ses vêtements sont loin de valoir ceux du Sherpa ; il porte avec une chemise Lacoste en lambeau, le traditionnel pantalon népalais qui tombe sur ses pieds courts aux orteils largement écartés.

Karl a entrepris de converser avec Norbu le Sherpa.

— C'est curieux, il est persuadé parler anglais couramment, s'étonne-t-il. Il paraît que nous avons intérêt à acheter certains produits ici ; riz, thé, farine, et sucre qui coûtent très cher en Takhola. Ils vont nous accompagner.

Les deux hommes escaladent l'arrière de la Méhari et s'asseyent à côté de Stéphane qui se fait toute petite. Les achats sont rondement menés. Le Sherpa guide Karl, l'arrête devant l'échoppe où la marchandise est selon lui de meilleure qualité au moindre prix, discute avec le commerçant qui la pèse et l'emballe dans de vieux journaux tandis que Karl sort son portefeuille…C'est le Tamang qui se charge de transporter le paquet jusqu'à la Méhari.

Voyant à quel point il est bien assisté, Karl décide de compléter aujourd'hui même l'équipement de montagne de toute la famille. Norbu le conduit jusqu'à Asentole où cinq ou six petites boutiques sont bien fournies en lainages, chaussures et anoraks de fabrication chinoise.

— Nous ne rapporterons rien de tout cela en France, dit Karl.

— Non évidemment, répond Martha, et elle imagine les énormes pieds du Tamang s'épanouissant d'aise dans les chaussettes taille 46 que son père vient de choisir. J'espère qu'ils ont des enfants car je ne crois pas qu'ils puissent profiter de mes affaires et de celles de maman.

Le Sherpa qui les a accompagnés dans la boutique regarde avidement leurs acquisitions, le Tamang, discret, est resté dans la rue. L'après-midi s'achève quand ils regagnent la Méhari où se sont installés pour discuter, plus confortablement sans doute, trois enfants barbouillés. Le tonnerre de la voix de Karl les fait décamper en se bousculant. Quand la voiture passe devant eux, sans rancune, ils la saluent et crient « Namasté » à ses occupants.

— Regarde Martha, s'exclame Stéphane.

Deux sommets touchés par les rayons du soleil couchant se dorent et rosissent.

— Comme ils sont loin, soupire Martha, ils dépassent à peine la crête des collines.

— Tu dormiras bientôt au pied du Daulaghiri, promet Karl. Il dépasse 8000 mètres. En attendant, il faut que nous te reconduisions, la nuit tombe vite ici et avec elle la fraîcheur.

— Mais papa, je n'ai rien vu de Katmandou, si ce n'est le quartier des boutiques. Promène-moi un peu, je t'en prie.

Mais Karl est inflexible, il dépose les deux porteurs là où il les avait trouvés et leur fixe rendez-vous le surlendemain à l'aéroport.

— Tu crois vraiment qu'ils ont compris et qu'ils ne risquent pas de nous faire manquer l'avion, s'inquiète Stéphane ?

— Nous verrons bien, répond Karl fataliste.

Départ en Takhola

Le lendemain c'est encore Laxmi qui éveille Martha. Elle a fixé au-dessus de son oreille droite un camélia rouge qui exalte le bronze de sa peau et le noir de sa chevelure. Une dizaine de bracelets de verre assortis à son sari bleu cliquètent pendant qu'à grand renfort de gestes elle explique à Martha qu'elle vient lui tenir compagnie : « Memsahib est sortie… ».

Tandis que la jeune fille arrose de lait chaud l'épais porridge si difficile à avaler et que Laxmi chantonne, assise sur le tapis, une voix étouffée appelle dans le couloir :

— Ho Didi ! Ho Didi !

Martha écoute avec plaisir la cascade de mots népali qui jaillit des lèvres de Laxmi et se promet d'apprendre les rudiments d'une langue si fluide et si douce.

La porte de la chambre s'ouvre et elle reconnaît la jeune femme au visage impassible qui assure le service à la salle à manger. Elle a dû ce matin y laisser son sérieux ! Ses yeux obliques et sa bouche étroite s'étirent en un beau sourire …

Devi parle et écrit bien l'anglais et en tire un avantage certain sur Laxmi à qui elle sert d'interprète.

Enfin Martha peut satisfaire sa curiosité : Didi signifie grande sœur et, selon la coutume népalaise, peut s'appliquer à toutes les jeunes filles et toutes les femmes… Depuis deux ans qu'elles travaillent chez Madame Franz, les tâches de Laxmi et de Devi sont nettement définies, la première nettoie la maison et lave le linge, la seconde cuisine et sert à table. S'il existe une hiérarchie entre elles, elles semblent bien l'avoir oubliée dans l'intérêt commun qu'elles portent à la jeune française.

Devi propose de lui donner maintenant sa première leçon de Népali mais l'arrivée de Karl et de Stéphane qui s'étonnent de trouver leur fille encore au lit devant son porridge et ses œufs refroidis fait prendre la fuite aux deux « Didis ».

— Elle sont terribles, n'est-ce pas ? Si belles, si coquettes qu'on dirait deux poupées précieuses à mettre sous vitrine, s'exclame Martha.

— Ce sont des « Newaris » originaires de la vallée de Katmandou. A la frontière du monde indien et du monde tibétain, elles en réunissent joliment les traits.

— Écoute bien, Martha, l'heure des recommandations paternelles est venue. Ta mère va te remettre différents papiers, range-les soigneusement.

— Passeport, carnet sanitaire, « trekking permit » et billet d'avion pour Pokhara, énumère Stéphane en les sortant de son fourre-tout.

Martha regarde avec curiosité le carton à trois volets imprimé en deux langues qui l'autorise à quitter la vallée de Katmandou et à se rendre en Takhola.

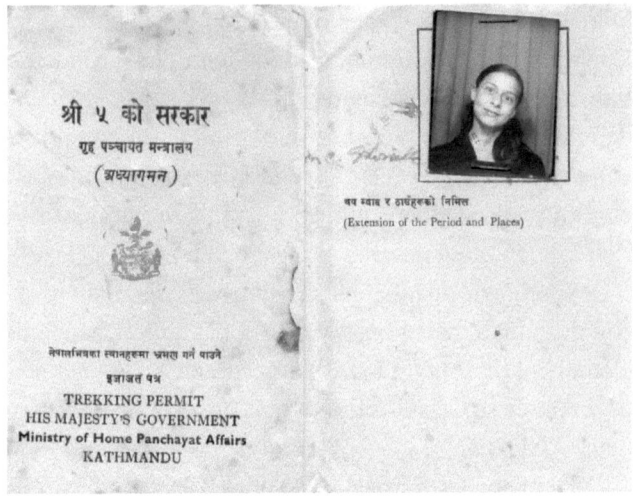

— Pour nous rejoindre avec Madame Franz, munis-toi du « trekking permit », de ton duvet, de tes vêtements de montagne et d'un chemisier léger. Nous te laissons deux cents roupies* en te recommandant de les ménager. Évidemment tu…

— Oui, je sais, coupe Martha. Je serai discrète, obéissante, souriante afin que notre hôtesse n'ait qu'à se louer de moi. N'oubliez surtout pas de dire à Madame Franz que vous m'autorisez à sortir seule.

*200 roupies - à peu près 110 F

— A ce sujet, j'ai aussi quelques conseils à te donner. Rentre toujours avant la nuit, déchausse-toi dans les temples si on te le demande, ne bouscule pas les vaches sacrées dans les rues et ne te lie pas avec n'importe qui…

— Je n'aurai besoin de personne. Laxmi et Devi me suffiront.

Martha quitte son lit, glisse l'argent et les papiers dans son journal de route et se saisit des grosses jumelles que lui tend son père.

— En attendant que tu montes en Takhola, elles te rapprocheront des montagnes, lui dit-il.

Martha se dirige vers les fenêtres, règle l'optique des jumelles à sa vue, l'image brouillée se précise et son regard rencontre celui de deux yeux bleus étroits et vigilants entre lesquels un signe figure une sorte de point d'interrogation.

Karl s'amuse de la surprise de sa fille.

— Sur chacune des faces du temple de Swayambunath sont peints des yeux qui symbolisent la connaissance. Tu vas vivre sous le regard de Bouddha. Sois sage !

— C'est inattendu et troublant, reconnaît Martha en rendant les jumelles à son père, avant de s'enfermer dans la salle de bain.

Toute la journée la Méhari cahote sur les routes aux alentours de Katmandou. La famille Eriksen se promène à Bodnath, Badgaon, Patan, Jawlakel.

— Qu'as-tu retenu Martha de notre circuit touristique express ?

— Peu de choses sauf les itinéraires, répond Martha et l'impression d'un retour au Moyen Age. Quel abandon, quelle décrépitude et quelle saleté à Badgaon !

— Il faut que tu dépasses cette impression superficielle, conseille Stéphane. Tu visites les reliques d'une très ancienne civilisation urbaine. Observe les grandes maisons, leurs façades de bois sculptés, les rues soigneusement dallées. Tu découvriras, si tu sais bien regarder, un artisanat toujours vivant et un mode de vie immuable depuis des siècles.

— Les gens m'intéressent plus que l'architecture, déclare Martha.

— Alors, promène-toi le matin sur le marché et dans les temples, dit Karl…Viens, nous retournons à Katmandou te louer un vélo pour quinze jours.

Martha pédale dans le sillage de la Méhari qui taille en klaxonnant son chemin à travers la foule de la vieille ville.

— Seule, il faudra que je sois prudente et que je mette souvent pied à terre, pense-t-elle.

Un mugissement profond la fait sursauter – serait-elle poursuivie par une de ces vaches sacrées qu'on dit si paisibles ? Ce n'est que la trompe d'un « rickshaw* » qui demande passage. Le lourd tricycle à capote transporte deux népalaises et leurs provisions. Un homme, aux musculeux mollets nus, appuie vigoureusement sur les pédales.

---

* Rickshaw - Vélo-pousse

Elle remet aux mains du portier l'encombrant vélo noir. Bien que de fabrication récente et chinoise, il est aussi peu maniable que le sien laissé en Provence.

— Pensez toujours à bien tenir votre gauche, lui recommande Madame Franz, sur le perron.

Puis, se tournant vers Monsieur et Madame Eriksen, Madame Franz propose : « Voulez-vous partager notre repas, ma cuisinière s'est surpassée ce soir ! ».

Diligente et silencieuse, Devi sert un poulet rôti accompagné de pommes Dauphine. Martha s'évertue, en vain, à lui arracher un sourire, ou un signe de connivence…

Il est convenu que Madame Franz accompagne les voyageurs à l'aéroport. C'est ainsi que, le lendemain matin, elle s'assied à côté de Karl et que Stéphane et Martha s'installent sur les colis entassés à l'arrière de la voiture. Le temps est idéalement beau, la Méhari toutes portières et bâches ôtées est réduite à un plateau roulant.

C'est fort agréable. Martha profite du spectacle des rues. A Hanuman Doka, le marché matinal envahit les degrés des temples et la chaussée, quelques vaches sacrées lèvent une dîme de carottes et de choux, un veau téméraire plonge son mufle dans le panier d'une acheteuse qui le repousse doucement, des hommes déhanchés trottinent, portant en équilibre sur l'épaule ,au bout d'une tige de bambou, deux plateaux débordant d'énormes radis roses fraîchement lavés.

La voiture se fraie un passage dans la rue principale de Dilli Bazar où des enfants demi-nus barbotent dans le caniveau. Des chiens faméliques, pelés, couverts d'ulcères ont engagé une bataille sans merci sur la chaussée. Martha et Stéphane détournent les yeux et Madame Franz soupire :

— Je ne pourrai jamais m'habituer à cela.

L'arrivée de la Méhari sur le parking de l'aéroport attire quatre ou cinq gamins qui proposent avec véhémence de la garder moyennant une roupie. Madame Franz les écarte fermement et ils vont sans se décourager offrir leur service au conducteur de la Land Rover arrêtée un peu plus loin.

— Voulez-vous rester dans la voiture, demande Karl. Je vais essayer de trouver mes porteurs.

— Mais les voilà, dit Martha.

Saïla et Norbu arrivent en effet. Après les salutations habituelles, ils commencent à décharger la Méhari. Karl et Madame Franz pénètrent dans l'aéroport. Stéphane et Martha se tenant par la main s'attardent sur le parking.

— J'ai peur que tu te sentes bien seule, ma grande fille.

— Tu me manqueras, reconnaît Martha en se serrant contre sa mère. Ne te fais pas de souci, si je m'ennuie trop, je vous télégraphierai ; papa m'a expliqué comment le faire. Dis-moi au revoir maintenant, ma petite maman.

La mère et la fille s'embrassent longuement en cachant leur émotion et se dirigent vers l'aéroport.

Karl, compréhensif, les réconforte d'un sourire.

— Les bagages sont enregistrés, viens faire viser ton « trekking permit » par la police, Stéphane.

Madame Franz entraîne Martha vers le terrain d'aviation où l'entrée des visiteurs n'est pas interdite, et elle lui promet :

— Dans quelques instants, la brume va se dissiper et vous verrez l'Himalaya bien mieux que de Katmandou.

Avec pour tout bagage leur hotte vide, les deux porteurs attendent sous l'aile d'un vieux DC 3. Des voyageurs commencent à gravir la passerelle tandis qu'arrive l'équipage formé d'un Sikh enturbanné et d'un jeune népalais.

Martha se suspend au cou de son père qui la soulève de terre et lui murmure à l'oreille :

— À bientôt, ma chérie. Nous t'attendons déjà.

Stéphane, après un hâtif au-revoir à Madame Franz, disparaît dans l'avion à la suite des deux porteurs. Karl, en haut de la passerelle, adresse un dernier signe à Martha et rejoint vite sa femme. La porte se ferme ; après quelques ratés, les hélices se mettent à tourner dans un vrombissement assourdissant, leur souffle soulève un nuage de poussière et un vol de vieux papiers.

L'antique DC 3 vibre de toute sa carlingue fatiguée. Le bruit diminue d'intensité. L'avion roule vers la piste où il prend progressivement de la vitesse et décolle avec aisance. Martha, la gorge serrée, le suit des yeux, il amorce sur l'aile une courbe gracieuse, passe devant les sommets blancs qui émergent de la brume et se perd dans le ciel.

— Vos parents seront à Pokhara dans trois quarts d'heure. Excusez-moi une minute, Martha, j'aperçois une amie.

Madame Franz se dirige vers une jeune femme avec qui elle commence une discussion animée. Discrète Martha reste à l'écart. Elle regarde atterrir trois Fokkers en provenance de Delhi, Calcutta, Patna, et décoller sur une centaine de mètres deux minuscules avions très puissants. C'est l'heure où le brouillard s'étant dissipé, le trafic aérien devient très dense. Des touristes américains, bardés de caméras et d'appareils photo, prennent pied sur le sol népalais. Participant à un quelconque tour du monde, ils resteront probablement quarante-huit heures à Katmandou et ne quitteront leur hôtel luxueux que pour visiter au pas de charge quelques temples et la ville ancienne. Comme Martha les plaint !

Madame Franz lui fait signe de la rejoindre.

— Désolée de vous avoir fait attendre. Je n'avais pas vu Miss Jackson depuis longtemps.

— C'est un plaisir de voir évoluer les avions sur un des plus beaux terrains du monde, répond Martha en montrant le cirque formé par les collines vertes et les sommets qui les dominent.

— Un des plus beaux peut-être mais surtout un des plus impressionnants, conclut Madame Franz.

Après le déjeuner, Martha lui fait part de ses projets.

— Je compte aller cet après-midi à Swayambunath.

— C'est à une demi-heure de marche, ne prenez pas votre bicyclette, elle vous encombrerait inutilement, conseille Madame Franz.

Vêtue d'une robe d'été très courte, balançant à la main sa veste de laine, Martha jette un coup d'œil curieux à l'intérieur des petites maisons qui se pressent au pied de la colline. Ce sont pour la plupart des échoppes où se vendent du riz et du thé, et des gargotes mal tenues fréquentées par des hippies.

Le temple est en haut d'un escalier de pierre très raide qu'elle gravit lentement. Elle dépasse un groupe de Tibétains ; tournant leur petit moulin à prières, ils marmonnent inlassablement la phrase sacrée : « Om mani padmé hûm* ».

Quelques singes criaillant se poursuivent sur les dernières marches. Nourris de fruits et de gâteaux, vénérés par les pèlerins, ils mènent autour du temple l'existence choyée des Dieux qu'ils sont. Pour Martha ce ne sont que des animaux assez repoussants dont elle craint de déranger les ébats. A la suite les uns des autres, ils se réfugient dans un arbre où ils continuent leurs chamailleries. Seule, une guenon, qui serre humainement son petit contre elle, reste en sentinelle près de l'escalier.

Martha fait un large détour pour éviter d'attirer son attention. Mais le temps d'y penser la bête est sur elle et lui dispute la veste qu'elle convoite. Craignant que ses cris discordants n'ameutent la horde des singes, Martha lui abandonne son bien qu'elle voit disparaître dans un arbre où il est rapidement mis en pièces.

— Sales bêtes, murmure-t-elle ulcérée en atteignant la plate-forme où se tient le temple. Accoudée au parapet, elle y oublie sa contrariété. La vallée, que la lumière de l'après-midi dore, se découvre sur plusieurs dizaines de kilomètres, paysage rassurant façonné par l'homme qui y a ménagé des rizières en terrasses, construit des villes, et sur lequel pèse la démesure des hauts sommets inaccessibles.

Martha se retourne vers le stupa, demi-sphère blanche qui contient peut-être des livres saints et des reliques – personne ne le sait exactement. Son regard monte, s'attarde sur les yeux peints, atteint la courte flèche dorée autour de laquelle frémissent des banderoles délavées. Une odeur composite de beurre rance, de déchets divers offusque son odorat.

Se mêlant aux pèlerins, elle marche autour du temple au bas duquel une succession de petites niches closes renferment les statuettes de dieux et de déesses. Chiens et singes se disputent les offrandes de riz posées devant elles. Comme les Tibétains qui la précèdent, Martha pousse de la main les grands moulins à prières qui tournent en grinçant. Puis, en équilibre sur le dossier d'un banc, elle suit les phases du lumineux coucher de soleil sur la vallée.

Il fait presque nuit quand, jetant la panique parmi les groupes de Tibétains placides, elle dévale le grand escalier et reprend à toutes jambes le chemin de la maison.

*Om mani padmé hûm – mantra faisant appel à la bienveillance de Bouddha

Karma Tsering

Martha manque d'entrain. Elle attend de s'être un peu familiarisée avec les habitudes, les coutumes et la langue népalaise avant de s'aventurer dans la vieille ville. Elle passe à la maison de longues heures avec Devi et Laxmi qui patiemment lui font répéter jusqu'à ce qu'elle les prononce parfaitement les noms des objets qui les entourent, des légumes et des fruits tropicaux qu'elles préparent.

Quand Madame Franz s'absente – ce qui arrive souvent – elles s'amusent comme des enfants, se taquinent, jouent à cache-cache dans le jardin et partagent le même repas. Martha apprend à se servir proprement de ses doigts pour manger, à allumer les réchauds à kérosène, et à utiliser le large van pour séparer le riz de ses débris végétaux. Sous le feu des épices, elle découvre peu à peu la fine saveur des Tarkaris* de légumes et de viande. Son éducation népalaise paraît être en bonne voie.

* Tarkari - Sorte de ragoût très épicé

Quand Madame Franz revient d'une leçon de tennis, d'une promenade à cheval ou d'un bridge, elle la trouve au salon, faisant une réussite, bâillant sur ses livres scolaires ou mettant à jour son carnet de vocabulaire anglais, français, népali.

Aujourd'hui Martha se sent suffisamment sûre d'elle pour se promener dans les quartiers commerçants de Katmandou à la recherche des bracelets de verre tintinnabulants qu'elle convoite depuis longtemps.

Sous le chaud soleil de l'après-midi, la promenade est agréable jusqu'au centre de la ville. Elle abandonne le long d'un trottoir son vélo cadenassé et déambule, le nez en l'air, dans la petite rue où sont vendus les tissus : cotonnades népalaises bon marché, soies fines, lainages tissés à la main.

— « Frère Jacques, frère Jacques,

    Dormez-vous, dormez-vous ? »

La voix est juste, fraîche, sans trace d'accent étranger. Martha croit rêver et imagine la rencontre impossible, miraculeuse d'une Française de son âge... Mais, c'est un jeune Tibétain assis sur la première marche d'une boutique qui reprend la chanson.

Curieuse, Martha s'approche. Il porte des vêtements européens, parfaitement à sa taille mais salis, froissés, comme s'il ne les avait pas quittés depuis des semaines. Des chaussettes de couleur indéfinissable tombent sur ses souliers dépourvus de lacets.

— Comment ? Tu parles français, s'exclame Martha.

— Un peu. Bonjour, Mademoiselle. Puis il ajoute dans un anglais irréprochable ; les touristes que je guide m'en ont enseigné quelques mots.

Ses yeux bridés fixent hardiment Martha. Il semble sûr de lui et se comporte comme s'il répétait un numéro soigneusement mis au point.

Martha, soudain méfiante, cache l'étonnement que lui inspire l'accent d'Oxford et l'aplomb du garçon.

— Tu as évidemment appris l'anglais à l'école ?

— Au collège de Katmandou, rectifie-t-il.

— Et comment t'appelles-tu ?

— George Adams.

— Tu te moques de moi. Un Tibétain ne peut s'appeler George Adams.

— C'est plus facile à dire pour les étrangers que Karma Tsering.

— Karma…Je m'appelle Martha Eriksen. Quel âge as-tu ?

Le jeune garçon la regarde, sort de sa poche une cigarette fripée qu'il allume et demande :

— Et toi ?

— J'ai quatorze ans et l'impression que tu es beaucoup plus jeune que moi.

— Oui, reconnaît-il avec regret. Je n'ai que treize ans et je suis petit pour mon âge.

Debout, il arrive à l'épaule de Martha, ce qui paraît l'impressionner vivement. Retrouvant son assurance, il propose :

— Si tu veux visiter Katmandou et ses environs, je peux te servir de guide. Je connais très bien la vallée.

Sans répondre, Martha l'examine. La cigarette pincée verticalement entre l'index et le majeur ne touche pas ses lèvres ; la bouche appliquée sur le pouce, il aspire la fumée à travers sa main fermée.

« Il a de bien mauvaises manières et l'air astucieux et rusé », pense Martha qui décide de couper court à leur entretien.

— Je n'ai pas d'argent à donner à un guide, dit-elle sèchement.

— Je n'aime pas beaucoup parler affaires, répond Karma sans se démonter, mais il faut bien vivre. Je te demanderai seulement un petit cadeau, quelques paquets de cigarettes ou une paire de chaussures. Ça va ?

— Non, répond Martha en poursuivant son chemin.

Elle se perd dans le dédale des petites rues, erre dans le quartier des bronziers où elle essaie de marchander un pot de cuivre au col étroit, et enfin découvre sur une petite place derrière un temple les marchands de bangles ; bracelets, colliers de perles minuscules sont étalés à profusion sur des tissus posés à même le sol. Martha s'arrête devant la vendeuse la plus souriante et lui montre de minces anneaux noirs et or. La jeune fille lui fait signe de s'asseoir, saisit son poignet qu'elle pétrit longuement et y glisse deux par deux les étroits bracelets. Martha retient un gémissement et masse ses doigts endoloris. La vendeuse a l'air très satisfait : les bangles sont à peine plus larges que le poignet de sa cliente et elle n'en a cassé aucun en les lui mettant. Martha lui laisse cinq roupies et son plus beau sourire. Elle

balance le bras au rythme de sa marche et les six bracelets de verre cliquètent joyeusement.

— Martha, Martha…

Karma juché sur la plus haute marche du temple l'appelle :

— Tu as payé tes bracelets trop chers. Ils ne valent que
trois roupies !

— Tant pis ! Cesse de me suivre, je n'ai pas besoin de
toi, répond Martha sans s'arrêter.

Un peu plus loin, elle se retourne, le garçon n'a pas
bougé ; il essaie d'attacher avec un morceau de ficelle
ses chaussures béantes et elle ne peut s'empêcher de
penser qu'il a l'air infiniment solitaire et pitoyable.

Le lendemain, Martha, qui a pris goût à son escapade,
demande à Madame Franz la permission d'aller jusqu'à
Bodnath.

— C'est trop loin, vous ne pourrez pas faire l'aller et
retour dans l'après-midi sans fatigue.

— Et si j'y déjeunais ? suggère Martha ?

— Oh, certes, non… vous ne savez pas ce que sont les
restaurants de Bodnath et il n'est pas question que vous
y alliez seule. Prenez de quoi pique-niquer.

Martha applaudit à cette idée. Devi lui confectionne
sur le champ une pile de sandwichs variés qui, avec le
thermos de thé, prend place dans la sacoche de son vélo.

Elle roule rapidement sur la route qui lui devient fa-
milière. Sans bien savoir pourquoi, à Hanuman Doka,
elle fait un détour par le quartier des tissus. Karma est à
son poste, en attente d'un touriste crédule qui rémunè-
rera largement sa faconde d'enfant des rues.

Apercevant Martha, il se lève et sans rancune siffle d'admiration devant le vélo neuf.

— Il est à toi ?

— Non, je l'ai loué pour quinze jours.

— Combien ?

— Qu'est-ce que ça peut te faire ? Je vais à Bodnath.

— J'ai des cousins qui vivent là-bas et que je n'ai pas vus depuis un mois. Veux-tu que je t'accompagne ?

— C'est combien ? demande Martha ironiquement.

— Mais, rien, s'offusque Karma. Tu me prendras sur le porte-bagage du vélo quand tu voudras, sinon, je marcherai…

— Allez, monte vite, commande-t-elle.

Le vélo oscille dangereusement, puis prend de la vitesse et s'équilibre. Martha pédale énergiquement jusqu'au bas de Dilli Bazar qu'ils gravissent à pieds.

— Tu ne vas pas à l'école en ce moment ?

— Non, j'ai été renvoyé du collège pour un mois, avoue Karma.

Martha imagine très bien les motifs de cette sanction : indiscipline, vagabondage, trafic de cigarettes… Elle évite donc de se montrer trop curieuse.

— Où sont tes parents ?

— Maman est dans un camp de réfugiés à Pokhara, mon père est dans les montagnes au nord du Népal. Tu connais un peu l'histoire des Tibétains ?

— Mal, reconnaît Martha.

— Les Chinois ont envahi notre pays… Quelques dizaines de milliers de Tibétains ont pu fuir et vivent maintenant dans des camps en Inde, au Népal, ou en Suisse. J'aimerais aller en Suisse !

— Pourquoi ?

— La vie n'est pas bonne pour moi ici, répond laconiquement Karma.

— Tu vas rejoindre ta mère bientôt à Pokhara ? demande Martha.

— Non, je ne crois pas, et Karma ajoute d'une voix aigüe et monotone, comme s'il récitait une leçon bien apprise : ma pauvre maman est trop âgée, malade, elle gagne juste de quoi se nourrir en filant la laine et je ne veux pas être à sa charge.

Martha se rend compte qu'il entame son refrain pour européen sensible et détourne la conversation.

— Voit-on les montagnes à Bodnath ?

— Très bien, assure Karma. Veux-tu que je pousse le vélo maintenant ?

Au croisement suivant ils quittent la rue principale de Dilli Bazar et, le terrain étant devenu plat, ils remontent à bicyclette.

Bien qu'enfermé dans une place circulaire bordée de boutiques de souvenirs et de maisons, le temple de Bodnath est aussi imposant que Swayambunath. Après avoir sacrifié avec la foule au rite de déambulation autour du stupa et fait tourner les grands moulins à prières, Martha s'approche des échoppes tenues par des commerçants tibétains.

Plein d'espoir, Karma lui demande :

— Si tu veux acheter quelque chose, je te conduis chez un ami qui te fera des prix intéressants.

— Et qui donnera à Karma quelques roupies pour le remercier de m'avoir emmenée chez lui ! Merci bien, répond Martha moqueuse.

Résigné, Karma s'accroupit devant la boutique où elle est entrée. Un rapide coup d'œil permet à Martha d'inventorier les vitrines : fines statuettes de bronze, bijoux baroques cloutés de turquoise et de corail, et vêtements tibétains. Elle s'enquiert des prix, essaie quelques bagues de pacotille et tente de marchander des bottes de feutre brodé qui remplaceraient avantageusement ses après-skis. Le vendeur souriant ne propose aucun rabais et Martha rejoint Karma sans avoir rien acheté.

— Veux-tu partager mon repas ? lui demande-t-elle.

Elle prend, dans la sacoche du vélo, le sac contenant son déjeuner et suit Karma qui se dirige vers la campagne toute proche. Ils s'installent à l'ombre d'un arbre sur le talus qui sépare deux rizières. Martha partage équitablement les sandwichs et s'extasie sur le bel appétit de Karma.

— C'est bon le pain, meilleur que le riz ou les pâtes que je mange tous les jours, dit-il la bouche pleine.

Martha jouit de l'heure qui passe. Commodément adossée à l'arbre, elle fixe son regard tour à tour sur les montagnes et sur la flèche dorée de Bodnath qui domine les maisons. L'air est aussi frais et léger que le soleil est chaud et la compagnie de Karma qui digère en silence n'est pas désagréable.

Elle oublie même sa méfiance quand celui-ci un peu plus tard lui demande :

— Veux-tu assister à un office bouddhiste ?

Le temple moderne est tout près de la place de Bodnath ; une dizaine de chiens squelettiques s'ébattent dans la cour intérieure, se disputant les maigres reliefs que leur distribue un moine, se chauffant au soleil ou jouant entre eux.

Martha quitte ses chaussures et pénètre à la suite de Karma dans une salle obscure où sur deux lignes les lamas*, assis en tailleur, se font face. L'air absent, ils psalmodient sans reprendre souffle une interminable oraison. Karma lui dit en prenant place à côté des fidèles qui assistent à l'office :

— Tu peux te promener dans le temple. Laisse deux roupies en offrande sur l'autel principal.

A la lueur des lampes à beurre, Martha distingue plusieurs photos du Dalaï Lama, une statue dorée du Bouddha et quelques chromos aux couleurs agressives. La surprenante cacophonie qui coupe le chant des moines la fait sursauter. Le son des hautbois, trompes, cloches, tambours et cymbales se déchaîne, atteint son paroxysme, s'arrête net et la monotone psalmodie reprend. Martha se glisse près de Karma. Les lamas tournent lentement des feuillets manuscrits, grattent leur tête rasée, arrangent les plis de leur robe bordeaux tout en poursuivant leur chant. Les timbres des voix graves et aigües se mêlent étrangement, l'odeur du beurre rance devient écœurante, et Martha se sent prise d'une béatitude un peu nauséeuse que la reprise de l'indescriptible tintamarre rompt brutalement.

*Lamas - moines

— Je m'en vais, chuchote-t-elle. Tu viens avec moi, Karma ?

L'ombre du stupa couvre la moitié de la place quand, rechaussés, ils quittent le temple. Martha se dirige vers le vélo qu'elle avait abandonné près d'une boutique. Deux hommes chargés d'un lourd baluchon la croisent. Vêtus d'une tchuba* serrée à la taille et dont une manche vide leur bat les flancs, chaussés de bottes de feutre avachies, les cheveux nattés ramenés en couronne autour de la tête, ils semblent venir de très loin.

L'un d'eux appelle Karma qui s'empresse de les rejoindre. Une conversation animée s'engage. Martha semblant s'affairer autour de sa bicyclette les observe discrètement : sur la crasse de leur visage et de leurs mains tranche le bleu laiteux des turquoises qu'ils portent aux oreilles et aux poignets.

— D'où viennent-ils ? Ce sont des Tibétains ? demande-t-elle à Karma qui revient vers elle.

— Non, ce sont des gens du Nord, des Botiahs qui arrivent du Mustang.

— Comment les connais-tu et que voulaient-ils ?

— Je les ai rencontrés à Pokhara et je fais parfois des affaires avec eux.

— Quel genre d'affaires ? s'entête Martha.

— Je leur amène des étrangers comme toi qui leur achètent toutes sortes d'objets.

— Mais, je suis intéressée, s'exclame Martha curieuse.

*Tchuba - houppelande

— Inutile, répond Karma sèchement, tu n'es pas du tout le genre de clientes qu'ils recherchent, il ajoute abruptement : « Disposes-tu de 500 dollars ? »

— Non, bien sûr, répond-elle suffoquée. Mais que peuvent-ils vendre pour une pareille somme ?

— Tu ne crois pas que tu es un peu curieuse, non ? dit Karma avec humeur …

— Bon, ça va… Ne te fâche pas. Monte plutôt sur le porte-bagage, je te ramène à Katmandou.

Elle laisse Karma comme il le lui demande à Hanuman Doka.

— A demain, lui crie-t-il.

Madame Franz est déjà à la maison quand Martha arrive. Elle a l'air si soucieux, si gêné que tout de suite la jeune fille s'inquiète :

— Mes parents ont télégraphié. Il leur est arrivé quelque chose ?

— Mais, non, Martha, ce n'est pas cela. Mon mari a répondu à ma dernière lettre, il a déjà pris des engagements pour ses quinze jours de vacances et me demande de le rejoindre à la fin de la semaine dans le Teraï où nous sommes invités à une grande chasse.

— Mais alors, demande Martha, vous ne pourrez m'accompagner en Takhola, comme il était convenu.

— Non, j'en suis navrée et je regrette de m'être si légèrement engagée. Je n'ai trouvé personne qui y aille ces jours prochains. Voulez-vous m'accompagner dans le Teraï ?

Martha ne peut cacher sa déception, ses lèvres tremblent et ses yeux s'emplissent de larmes ; alors, Madame Franz insiste gentiment :

— Nous vivrons dans des bungalows nichés dans les arbres, nous ferons des promenades à dos d'éléphant dans la jungle et vous pourrez si vous en avez envie vous baigner.

— Merci beaucoup, Madame, j'y réfléchirai, répond posément Martha, en regagnant sa chambre.

Là, sa superbe l'abandonne ; elle se jette sur le lit dont elle bourre l'oreiller de coups de poings en murmurant mâchoires serrées, tandis que les larmes longtemps contenues glissent sur ses joues :

— C'est tout vu… Je n'irai pas dans le Teraï, je rejoindrai mes parents en Takhola.

Les fêtes de Dasaïn

Martha fait part à Madame Franz de son intention de rester à Katmandou et celle-ci s'étonne :

— Vous ne pouvez vivre seule ici à la garde de Devi pendant quinze jours. Vous paraissez oublier que vos parents vous ont confiée à moi.

— Tant que cela ne risque pas de gêner vos projets, Madame. Ils en seraient navrés.

Madame Franz songeuse regarde Martha. La jeune fille semble résolue à ne pas l'accompagner dans le Teraï et elle est suffisamment volontaire pour qu'il soit difficile de la faire revenir sur sa décision. En outre, elle s'est très bien acclimatée à Katmandou, tirant un grand plaisir des promenades qu'elle fait dans la vallée et s'entendant à merveille avec les deux Didis.

— Très bien, restez ici puisque vous le voulez, capitule Madame Franz. Je donnerai des instructions à Devi pour qu'elle s'occupe de vous. Laxmi prendra ses vacances pendant mon absence. Je vous laisse le soin de prévenir votre père pour qu'il ne nous attende pas en vain.

— Je lui télégraphierai.

— Faites le vite. Le télégramme risque de mettre une semaine pour l'atteindre puisque nous ne savons pas dans quel village de Takhola il est installé. Rappelez-moi que je dois vous donner, avant mon départ, le numéro de téléphone d'une amie que vous pourrez joindre en cas de besoin.

Si l'affaire semble réglée au mieux pour Madame Franz, elle ne l'est pas pour Martha, qui filant à bicyclette vers le centre de la ville, remâche sa déconvenue et fait des plans compliqués pour rejoindre ses parents. Karma, qui le trouve sombre et sans entrain, n'hésite pas à la questionner.

— Qu'as-tu aujourd'hui ? Je te propose de visiter un temple hindou, de te promener à Badgaon et tu refuses. Tu es fâchée ?

Toute à ses projets, Martha le regarde distraitement. Il a fait de louables efforts pour améliorer sa tenue, ses cheveux séparés par une raie bien droite, sont enduits de brillantine, des cordons rouges attachent ses souliers et il a un air anxieux tout à fait inhabituel.

— Non, Karma. Je ne suis pas fâchée, je suis contrariée.

Elle lui raconte la défection de Madame Franz et l'impossibilité où elle se trouve de rejoindre ses parents.

— As-tu suffisamment d'argent pour prendre l'avion jusqu'à Pokhara, lui demande Karma ?

— J'ai le billet d'avion, papa me l'a remis avant de partir.

— Très bien, alors ! Je t'emmène en Takhola quand tu veux.

— Mais ce n'est pas possible, s'exclame Martha.

— Et pourquoi ? Je connais le chemin, j'y suis allé plusieurs fois, tu es assez résistante pour marcher pendant une semaine, non ? Je partirai à pieds pour Pokhara, cinq jours avant toi, je t'attendrai sur le terrain d'aviation, et en route pour la Takhola.

Martha suffoquée se tait. Cette marche vers l'Himalaya ne peut être aussi facile que Karma le présente, il en ignore sans doute toutes les difficultés.

— Et les porteurs ? demande-t-elle.

— Des porteurs, pourquoi faire ? Tu achèteras deux petits sacs à dos qui contiendront bien toutes tes affaires.

— Tu oublies qu'il faut manger. Mes parents ont emporté au moins 20 kg de provisions.

— Nous mangerons et dormirons dans les villages. Peux-tu dépenser 20 roupies par jour pour nous deux ?

Martha fait un rapide calcul.

— Ce n'est pas excessif, reconnaît-elle.

— Je te le dis maintenant, précise Karma d'un air gêné, car je n'ai pas un paisa*, il faudra que tu me nourrisses.

Martha émue lui ébouriffe les cheveux avant de répondre gravement.

— Je te le devrai bien puisque tu seras mon guide. C'est décidé, nous partons. Je prendrai l'avion mardi prochain.

— Alors je quitterai Katmandou après-demain, conclut Karma.

— Je vais chercher mon billet d'avion et réserver tout de suite ma place à l'agence de voyage. À tout à l'heure, Karma, dit Martha en enfourchant son vélo.

*Paisa - centime

La maison semble vide ; dans le recoin exigu qui lui sert d'abri, le portier dort si profondément que Martha doit secouer le portail à plusieurs reprises avant qu'il le lui ouvre. Sur la pointe des pieds, elle passe devant la chambre de Devi d'où sortent des éclats de rire étouffés et des chuchotements. Madame Franz est absente, c'est sûr, et Martha pousse un soupir de soulagement. Elle prend dans le tiroir de la coiffeuse son journal de route, en sort le billet d'avion et, après un temps de réflexion, le Trekking Permit. Puis aussi silencieusement qu'elle est entrée, elle quitte la maison.

L'agence de voyage « Third Eye* » est par extraordinaire déserte. Gênée, sous le regard des trois employés oisifs, elle fait sa réservation.

— Je vais téléphoner pour savoir s'il reste une place sur le vol de mardi, répond un Népalais à topi.

La communication en népali semble interminable à Martha. Qu'arriverait-il si Madame Franz ou une de ses relations entraient à l'instant. Aucun mensonge plausible ne pourrait justifier sa présence ici. Cette éventualité la fait rougir jusqu'aux oreilles. Enfin, le Népalais pose le récepteur et dit en remplissant le billet d'avion :

— Mademoiselle Martha Eriksen, c'est bien cela ? Votre place est réservée.

Martha se ronge les ongles d'impatience tandis que l'employé ferme le billet et le pose sur son bureau.

— Vous partez seule ?

*Third Eye – troisième œil

Martha enfouit ses mains tremblantes dans les poches de son pantalon et inspire profondément pour calmer les battements précipités de son cœur : « c'est le moment de jouer serré si je veux quitter Katmandou… » pense-t-elle.

Enfin, elle parvient à dire :

— Je vais rejoindre mes parents qui sont depuis dix jours à Pokhara.

Le Népalais semble hésitant, enfin il ajoute :

— Vous savez qu'il faut une autorisation spéciale pour quitter la vallée de Katmandou ?

— La voici, dit Martha en sortant le Trekking Permit de son tsolo*.

La photo qui y est agrafée correspond en tous points au visage souriant de Martha. Elle avance une main ferme vers le billet.

— Très bien, Mademoiselle. Bon voyage !

Ouf, je l'ai échappée belle, se dit-elle, s'en retournant vers Hanuman Doka.

Karma s'est volatilisé ; il n'est pas assis sur les degrés du grand temple qui menace ruine, il n'a pas repris sa faction dans le quartier des marchands de tissus.

Se serait-il lui aussi engagé à la légère et, le regrettant, aurait-il pris le parti de disparaître ? Martha ignore où il habite et ne pourrait jamais le retrouver.

Mélancolique, elle gravit les hautes marches du temple et, après avoir chassé deux chiens étiques, s'assied sur le dernier degré.

*Tsolo – sac en bandoulière, en étoffe

De là, elle découvre une bonne partie de la place et elle peut être vue de très loin. Désœuvrée, elle regarde la foule à ses pieds. Les matinées et les soirées devenant fraîches, quelques Népalais se sont drapés dans une pièce de lainage rayé qui leur donne l'air frileux. D'autres sont trop pauvres pour acheter la pachmina*, se contentant d'une écharpe qu'ils enroulent au-dessus du topi, autour de leur tête. Martha frissonne et sort de son sac un anorak qu'elle pose sur ses épaules.

Là-bas, précédant un couple de touristes très folkloriques, n'est-ce pas Karma qui pérore en faisant de grands gestes ? Il leur désigne la maison de la Kumari*, l'ancien Palais Royal, s'arrête devant le vieux temple, attire leur attention sur le toit à pagodes, et aperçoit Martha qui, bras croisés, le fixe sans aménité. Lui tournant délibérément le dos, il se lance dans de longues explications dont elle peut suivre l'effet sur le visage ahuri des deux touristes qui portent avec ensemble la main à leur portefeuille. Karma fait disparaître quelques billets dans sa poche, appelle Martha d'un signe discret et se fond dans la foule.

— Des américains fort généreux, dit-il en lui montrant deux billets de dix roupies quand, essoufflée, elle le rejoint.

— Que leur as-tu raconté avant de les quitter ?

— Je leur ai dit que ma pauvre maman s'inquièterait si je ne rentrais pas avant le coucher du soleil.

*Pachmina – châle
*Kumari – déesse vivante

Martha ne sait si elle doit rire ou se fâcher. Quand elle regardait Karma jouer les guides improvisés, elle s'amusait beaucoup de ses airs importants et de l'ingénuité des touristes. Cependant, elle opte pour la sévérité.

— Tu pratiques une forme éhontée de mendicité. Tu trompes les gens pour en obtenir de l'argent.

— Merci pour la leçon de morale comme à l'école, répond Karma, en devenant rouge brique, mais comment me serai-je nourri jusqu'à Pokhara sans argent ?

— Comment ? s'exclame Martha. Tu n'avais qu'à m'en demander.

— Tu ne m'en as pas proposé et il suffit que je prononce le mot roupie pour que tu me prennes pour un voyou.

Martha reste muette pendant quelques instants.

— C'est moi qui mérite une leçon de morale, dit-elle enfin. Maintenant, oui, maintenant je te ferai confiance comme à un frère. Tu as compris ?

Les yeux étroits de Karma ne quittent pas ceux de Martha.

— Oui, j'ai compris, murmure-t-il.

Le soir Martha se tourne et se retourne dans son lit, pleine de remords à l'idée de tromper la confiance de Madame Franz et de ses parents. L'excitation de l'après-midi tombée, elle n'arrive plus à se réjouir de son prochain départ pour la Takhola.

Remontant les draps jusqu'à son nez et ouvrant les yeux sur la tache blanche de la moustiquaire, elle murmure : « Papa m'a promis et juré que je le rejoindrai »…

Forte de ce serment elle se rassérène peu à peu et prend des dispositions pour éviter que Devi et Madame Franz s'inquiètent. Elle laissera à chacune d'elles une lettre. Madame Franz trouvera la sienne à son retour du Teraï et prendra en même temps connaissance du télégramme que Martha se promet de lui envoyer dès son arrivée en Takhola.

Martha se lève, s'installe à la petite table à écrire pour commencer tout de suite la rédaction des deux lettres. Les quelques lignes pour Madame Franz sont rapidement tracées : « Une personne de confiance m'emmène rejoindre mes parents… Ne vous inquiétez pas… ». Martha sourit en imaginant les transes de son hôtesse si elle savait que la personne est un jeune vagabond tibétain. La lettre destinée à Devi demande réflexion ; elle doit être suffisamment rassurante pour que la jeune femme ne s'alarme pas jusqu'à prévenir la police. Alors Martha calligraphie laborieusement quelques gros mensonges.

Les deux messages mis sous enveloppe et serrés dans son journal, elle regagne son lit où elle tombe dans un sommeil coupé de mauvais rêves.

Le lendemain à sept heures, sans prendre le temps de faire sa toilette et de déjeuner, elle rejoint Karma qui lui avait la veille proposé de la conduire sur la place où ont lieu les grandes offrandes du Dasaïn. Madame Franz lui a accordé avec quelques réticences la permission d'y assister.

— On y sacrifie des animaux divers et je crains que ce spectacle vous rende malade.

La foule plus dense que jamais se presse à Hanuman Doka où le rouge, couleur de la fête, explose partout sur les fronts marqués de la Tika*, dans les chevelures fleuries et en ruisseaux sombres au pied de l'effigie grimaçante de Durga*. Avec une longue jupe noire, les femmes portent des corsages de velours pourpres ; l'or en pièces et en anneaux étincelle autour de leurs oreilles, de leur nez. Des hommes tiennent par leurs quatre pattes raidies les corps flasques de chevreaux décapités.

Des battements de tambour résonnent et font sursauter Martha étourdie par le manque de sommeil, le jeûne et la liesse populaire. La foule s'écarte devant quelques soldats qui avancent au rythme funèbre du tambour : quatre porte-drapeaux encadrent deux hommes brandissant un kukri*, et tenant chacun par une corne la tête sanglante d'un buffle.

— Nous n'avons qu'à les suivre, dit Karma.

« C'est pire qu'un cauchemar », pense Martha en évitant de poser le pied sur les gouttes rouges qui jalonnent le passage du cortège.

Ils pénètrent dans la grande cour rectangulaire où se font les sacrifices.

*Tika – marque faite au front lors d'une cérémonie religieuse
*Durga – divinité terrible
*Kukri – grand couteau à lame courbe

— Au fond, tu peux apercevoir les personnalités qui président la cérémonie : représentants de la famille royale, du gouvernement et des Ambassades. Viens !

Karma l'entraine vers un escalier de pierre où se pressent les touristes. Un coup de coude à droite, un coup de coude à gauche, les deux enfants se glissent au premier rang et s'asseyent jambes pendantes dans le vide.

Martha dénombre une dizaine de places de sacrifices marquées par des drapeaux au pied desquels s'entassent des têtes de chèvres et de jeunes buffles. Les bêtes y sont trainées, couchées, dans un éclair le kukri tombe et…Martha chuchote à Karma :

— J'en ai assez, je veux partir.

Sans commentaires, il lui fraie un passage parmi les curieux et l'emmène dans la rue.

— Beaucoup de gens mangeront de la viande aujourd'hui, conclut Karma. C'est bon !

Martha n'a qu'une envie : rentrer vite chez Madame Franz, prendre un bain brûlant et boire une tasse de thé bien fort. Pas de petit déjeuner ce matin.

Elle fixe rendez-vous à Karma pour le début de l'après-midi afin de faire leur ultimes achats, sacs à dos et lampes de poche.

Madame Franz l'accueille un peu ironiquement :

— Vous me semblez bien pâlotte…

— Je préfère ne pas trop parler de ce que j'ai vu, avoue Martha.

En fin d'après-midi, Karma et Martha se séparent, leurs adieux sont brefs.

— Bonne route et Namasté, dit la jeune fille, prononçant le salut népalais avec l'accent tibétain et joignant les mains sous son menton.

— À mardi à Pokhara, répond Karma.

Le départ de Madame Franz pour le Teraï n'est pas une mince affaire. Karl Eriksen ayant beaucoup insisté pour qu'elle se serve de la Méhari si elle en avait envie, elle a décidé de voyager par la route, accompagnée du portier qui l'aidera en cas de panne. Martha lui montre comment fixer les cantines à l'arrière et l'aide à y entasser les fusils, moustiquaires, tente et boites de conserve.

— Le vrai Safari, murmure-t-elle…

— Alors… Je vous laisse à Katmandou ? lui demande une dernière fois Madame Franz.

Martha qui a une certaine peine à soutenir son regard balbutie :

— Oui, bon voyage, Madame.

Pendant deux jours elle s'emploie à endormir la méfiance de Devi ; elle a soigneusement caché ses achats au fond de la resserre et renoncé à ses promenades dans la vallée. Elle passe de longues heures avec la jeune femme, lui apprenant à jouer aux cartes, à chanter en Français et même à tricoter des chaussettes.

Le lundi soir, Martha répartit ses bagages dans les deux sacs à dos qu'elle soupèse en grimaçant :

— C'est le moment d'utiliser la technique de Papa !

Elle renonce donc à emporter deux manuels scolaires, les après-skis et un pull supplémentaire. Elle glisse le billet d'avion, l'argent et ses papiers d'identité dans une des poches à fermeture éclair, puis avant de se coucher, place bien en évidence sur la table les deux lettres.

Le plus difficile reste à faire, quitter la maison le lendemain avant que Devi soit revenue du temple où elle fait ses dévotions matinales, marcher chargée des deux sacs jusqu'à Hanuman Doka où elle espère trouver le taxi qui la conduira à l'aéroport.

Son programme se réalise point par point. Dans le taxi, elle pose sur son nez des lunettes de soleil qui lui mangent la moitié du visage, cache ses cheveux sous un foulard indien en espérant ainsi tromper sur son âge les employés de l'aéroport et les officiers de police.

Elle enregistre un de ses sacs, fait viser son Trekking Permit sans qu'aucune question embarrassante ne lui soit posée et s'installe dans l'avion près d'un hublot. Elle reconnaît avec plaisir le Sikh barbu et l'élégant Népalais qui forment l'équipage de l'avion et regarde avec curiosité ses compagnons de voyage : des touristes européens et américains, quelques Tibétains dont la vue lui fait regretter de n'avoir pas eu assez d'argent pour prendre un billet d'avion pour Karma. Le DC3 roule doucement, puis dans un fracas infernal prend son envol. Martha enlève le foulard gênant, les encombrantes lunettes et jette un coup d'œil sur la vallée dorée qui vire et bascule sous les ailes de l'avion.

« A bientôt, Katmandou » !

...... "Trekking" de Martha

Au camp Tibétain

Monde vertical et glacé, l'Himalaya déploie sur la droite de l'avion son écrasante splendeur sculptée par le soleil qui s'attache aux arêtes et laisse au creux leur ombre bleue. Des passagers essaient d'identifier les sommets aux noms prestigieux : Annapurna, Ganesh, Himal, Machapuchare…

Le DC3 perd de l'altitude, tourne au-dessus d'une large vallée où sont enfoncées dans une végétation luxuriante des chaumières ocres et la tache brillante d'un lac.

Martha boucle sa ceinture et, le nez écrasé au hublot, voit avec appréhension la terre se rapprocher sans y distinguer une piste d'atterrissage. L'avion tangue fortement, frôle des rizières, l'herbe d'une prairie défile sous ses ailes, il rebondit, roule sur le terrain inégal en secouant frénétiquement ses passagers, enfin ralentit et s'arrête près d'un immense banyan*.

Empoignant son sac à dos, elle se glisse dans la file des passagers qui progressent lentement vers la sortie.

*Banyan – arbre

De la passerelle, elle essaie de découvrir Karma dans la foule massée à l'ombre de l'arbre. Elle ne voit que des touristes sur leur départ, quelques porteurs tibétains en quête de clients et les inévitables badauds pour qui l'arrivée de l'avion est une attraction.

Karma n'est pas au rendez-vous.

— Mademoiselle !

Martha se retourne et sursaute. C'est un officier de police qui l'interpelle. Elle a oublié de remettre les accessoires du déguisement qui la vieillit et montre le visage d'une enfant perdue.

— Oui, Monsieur ?

Impassible, le fonctionnaire lui tend un registre ouvert et un stylo à bille :

— Écrivez votre nom ici, et signez.

Les doigts tremblants, Martha s'acquitte de cette obligation inattendue.

— Merci, Mademoiselle.

Et l'officier de police se dirige vers les autres passagers sans plus s'occuper d'elle.

Martha va chercher son deuxième sac près de la soute à bagages maintenant vide.

— Que faire ? se demande-t-elle. Je ne vais pas rester plantée près de l'avion dans l'attente d'un miracle ! Ce serait le plus sûr moyen de me faire remarquer.

Elle marche lentement vers l'arbre sous lequel les porteurs continuent à discuter autour de leur hotte vide. Derrière le tronc épais, elle aperçoit l'éclair de deux yeux bridés, une chevelure raide et embroussaillée.

C'est Karma. Il pose un doigt sur ses lèvres et lui montre un des deux sacs qu'elle pousse doucement vers lui. D'un signe impérieux, il lui enjoint de le suivre à distance. Infiniment soulagée d'avoir retrouvé son compagnon, Martha se soumet sans mot dire à ses exigences et se met en route lorsqu'il a pris une bonne centaine de mètres d'avance. Libérée maintenant de tous soucis, elle admire le site de Pokhara dominé par l'aiguille vertigineuse du Machapuchare et la masse blanche de l'Annapurna. Les maisons se rapprochent, se serrent jusqu'à former une rue. Karma s'est arrêté et elle presse le pas pour le rejoindre.

— Ça va, Martha ?

— J'ai déjà chaud, lui répond-t-elle en s'essuyant le front.

— Pokhara n'est qu'à 800 mètres d'altitude, il y fait moins frais qu'à Katmandou. Nous sommes à l'entrée du bazar, reposons-nous cinq minutes, nous marchons depuis trois quarts d'heure.

Martha pose son sac à dos et s'assied dessus.

— Comment s'est passé ton voyage, Karma ?

— J'ai marché chaque jour pendant dix heures et je suis arrivé à Pokhara hier soir comme prévu. Quelle drôle de tête tu faisais sur le terrain d'aviation quand tu me cherchais sans me voir !

— Pourquoi te cachais-tu ?

— Je ne voulais pas qu'on te voie partir avec moi. Les porteurs n'aiment pas que je guide les touristes et j'ai eu des ennuis toutes les fois que j'ai attendu l'arrivée de l'avion… Où as-tu mis les roupies ?

— Là, répond Martha, en tapotant la poche de son sac.

— Il ne faut pas, s'exclame Karma. Tu dois toujours les avoir sur toi. Nous allons acheter un morceau de tissu dans lequel tu placeras les billets, tu l'enrouleras autour de ta taille et tu ne le quitteras jamais.

— Mais enfin, nous n'allons pas chez les brigands, proteste Martha, je ne veux pas d'une ceinture de taille qui me tiendra chaud !

— Il le faut, insiste Karma.

— Charge-toi de l'argent, alors, propose Martha.

Karma hésite un peu avant d'accepter. Les deux enfants se procurent deux yards d'un tissu très fin, le calepin et le crayon indispensables à Karma pour faire le compte des dépenses. Ils boivent deux tasses de thé et mangent quelques gâteaux poisseux, écœurants à force d'être sucrés.

— En marchant doucement, nous arriverons vers quatre heures au camp tibétain. Nous y dînerons et nous y dormirons.

— Pourquoi ne pas continuer ? s'étonne Martha.

— Ça suffit pour ta première journée de marche, répond Karma péremptoire.

Pokhara étend ses maisons ocres, fleuries de flamboyants sur plusieurs kilomètres. Le soleil du début d'après-midi est meurtrier. Martha, le visage empourpré commence à traîner la jambe et à souffrir de ses épaules et de ses pieds endoloris.

— Est-ce encore loin ? demande-t-elle.

— Non, tu vois ces drapeaux à prières, c'est là.

Elle distingue des lambeaux d'étoffes grisâtres que le vent fait frémir au bout de grandes perches. Martha, qui imagine sous de très sombres couleurs les camps de réfugiés et la vie de ceux qui y sont installés, se récrie de surprise quand elle longe des chaumières blanches et bien entretenues.

— Nous y sommes mieux qu'ailleurs, reconnaît Karma, mais les hommes manquent de travail et la mousson est difficile à supporter… Voilà, l'hôtel et le restaurant.

Il désigne quelques cabanes de roseaux et de paille de riz dans lesquelles le voyageur peu exigeant trouve à bon compte un lit de camp et un plat unique. Sans hésiter, il entre dans la cuisine et commande un thé au lait pour Martha.

Son arrivée arrache des exclamations de bienvenue aux trois jeunes Tibétaines qui s'y affairent.

Appuyé au montant de la porte, les mains dans les poches, il se lance dans de longues explications que les jeunes filles, leurs yeux plissés d'attention, suivent avec intérêt avant d'éclater de rire. Des questions fusent auxquelles Karma donne réponse. Martha s'étonne qu'il ne puisse prononcer un mot sans déchaîner l'hilarité des Tibétaines.

— Mais que peut-il bien leur raconter ? se demande-t-elle avec humeur en s'installant à l'unique table du « restaurant » !

Dans la cuisine les rires se sont enfin calmés. Karma parle posément et une des filles lui répond avec vivacité.

— J'ai tout arrangé, dit-il en rejoignant Martha, tu dormiras avec Dawa.

— Que leur disais-tu qui les faisait tant rire ?

— Je leur racontais Katmandou et je leur donnais des nouvelles de leurs parents.

— Leur as-tu parlé de moi ? demande Martha méfiante.

— Il le fallait bien, elles sont si curieuses ! Pour elles, tu es une touriste américaine de dix-huit ans qui m'a promis un bon salaire pour la promener autour de Pokhara.

— Mais pourquoi as-tu inventé cette histoire ?

— Si elles savaient où tu vas et que tu n'as que quatorze ans, elles se montreraient encore plus curieuses…

Karma hésite avant d'ajouter :

— Je me déconsidérerais en disant que je t'accompagne pour te rendre service.

— Oui, je vois, murmure Martha. Tu as ta réputation à sauvegarder.

Des pas lourds résonnent derrière la mince cloison de roseaux, Karma qui a glissé un œil curieux par la porte annonce :

— Un touriste !

Martha plonge vers son sac, en sort les lunettes de soleil et le foulard qu'elle met hâtivement, avant que n'entre un petit Japonais en tenue de montagne flambant neuve : jumelles, appareil photo, caméra. Il ne semble pas avoir d'autres bagages. Avec un kleenex, il essuie méticuleusement le banc et la table avant de s'asseoir. Karma prend sa commande qu'il transmet d'une voix tonitruante à la cuisine.

— Parlez-vous anglais, Mademoiselle ?

Un peu déroutée par l'accent quasi incompréhensible du Japonais, Martha ne répond pas, elle le regarde souffler dans son bol, y passer un nouveau kleenex et renifler le thé d'un air méfiant. Sans se démonter, il répète sa question en articulant chaque mot soigneusement.

— Oui, un peu, répond enfin Martha.

— Je vous ai vue dans l'avion ce matin. Où allez-vous ?

— Je me promène autour de Pokhara.

Le Japonais ne pousse pas plus loin son interrogatoire et se lamente sur le sort de ses bagages confiés à deux porteurs tibétains qui flânent en route, se reposent tous les quarts d'heure et dont il attend l'arrivée au camp depuis … une heure !

— Les voilà, dit Karma, sur le pas de la porte.

Deux hommes en effet apparaissent dont la charge semble nettement excéder les forces. Ils s'asseyent sur le sol avec leur hotte, dégagent leur front de la courroie de portage et se redressent péniblement. Le Japonais les interpelle rudement dans un anglais trébuchant que de toute évidence ils ne comprennent pas. Martha et Karma, silencieux, suivent la pénible discussion. Les porteurs réclament leur salaire de la journée et déclarent qu'ils n'iront pas plus loin, quelques Tibétains impassibles entourent le groupe vociférant. En désespoir de cause, le Japonais se tourne vers Karma et lui demande de servir d'interprète.

— Ils veulent bien continuer si vous prenez un porteur supplémentaire, dit aussitôt Karma.

— Impossible, répond le Japonais qui se fâche vraiment et menace de faire appel au chef du camp et à la police.

Les deux porteurs restent impassibles, et Martha murmure :

— Ils ont l'air très fatigués. Ne croyez-vous pas qu'ils portent près de quarante kilos chacun ?

— Ils ont accepté de faire ce travail et le feront, proteste le Japonais.

Karma continue à parler avec beaucoup d'autorité aux Tibétains qui lui répondent par monosyllabes, puis il dit en anglais :

— Payez immédiatement leur journée de travail. Ce sont des hommes violents qui sont capables d'un mauvais coup. Vous prendrez demain de solides porteurs qui vous conduiront où vous voulez aller.

Le ton de Karma est très ferme, le cercle des Tibétains se resserre autour du Japonais qui dit en sortant son portefeuille :

— C'est du vol !

Les roupies distribuées, les porteurs s'éloignent en remerciant, la foule se disperse, et le Japonais aidé de Karma traîne ses bagages hors du camp, monte sa tente et prépare son dîner.

— Tu sais, avoue Karma, en rejoignant Martha, il ne risquait rien en ne payant pas les porteurs. J'ai voulu lui faire peur. Nima et Pamo sont trop faibles pour porter, mais ils ont besoin de manger, comme tout le monde… Ils proposent leur service à l'aéroport et si les charges sont trop lourdes, ils dépassent rarement le camp tibétain. Veux-tu dîner maintenant ?

Karma apporte des grands bols remplis d'une soupe épaisse composée de nouilles, de légumes et de viande que Martha mange avec plaisir.

— Prends ces oranges et viens, je t'installe dans ta chambre !

Karma pénètre dans une des petites cabanes où deux lits de camp occupent toute la place. Il enlève les couvertures douteuses empilées sur celui de gauche et y étale le duvet de Martha qui, les bras ballants, le regarde faire.

— Où vas-tu dormir ? lui demande-t-elle.

— Chez ma mère.

— J'aurais bien aimé la connaitre…

Karma ne répond pas, il souhaite à Martha une bonne nuit et lui promet de la réveiller le lendemain vers six heures.

Il est encore bien tôt pour se coucher. Martha se promène dans la nuit tombante autour du camp. Le Japonais est en grande discussion avec deux Tibétains bien découplés ; Karma a tenu sa promesse !

Les étoiles se lèvent, la blancheur des hautes cimes se devine encore contre le ciel bleu sombre, et Martha regagne sa cabane en bâillant.

La vie du camp s'intensifie à la tombée de la nuit ; discussions, éclats de rire troublent le sommeil de Martha qui se tourne et se retourne en soupirant. Très tard, le calme se fait, la porte s'ouvre doucement, Martha les yeux mi-clos suit les allées et venues de la jeune Tibétaine qui range les couvertures que Karma a jetées sur son lit, s'étire longuement et enfin s'allonge toute habillée, l'extrémité de sa longue natte traînant sur le sol. C'est au rythme de son ronflement régulier que Martha glisse enfin dans un profond sommeil.

— Hé ! Martha, Martha !

Karma a agrippé fermement le bras de Martha qu'il secoue autant qu'il peut. Encore somnolente, elle lui donne une légère tape sur la main, tire le duvet sur ses épaules et ferme les yeux. Tout lui semble irréel ce matin, la cabane où elle a dormi, son compagnon et la longue marche vers la Takhola.

— Il est six heures, insiste Karma.

— Laisse-moi m'habiller et dis-moi où je peux faire ma toilette ?

— Ta toilette ? demande Karma interloqué… mais au robinet dans la cour, devant la cuisine !

Les pieds dans une flaque d'eau boueuse, Martha se brosse les dents et comprend qu'elle fera bien de renoncer pendant quelques jours aux pratiques de l'hygiène la plus élémentaire. Elle s'asperge le visage, peigne ses boucles humides et rejoint Karma dans le restaurant.

Là une surprise l'attend, un miraculeux petit déjeuner à l'anglaise : deux œufs frits, de la confiture, du pain et un minuscule morceau de beurre.

— Merci, Karma, dit Martha la bouche pleine.

L'air est encore frais, la marche dans les rizières plates très agréable, et les enfants bavardent joyeusement jusqu'à la halte de onze heures, dans une petite auberge au pied d'un impressionnant escarpement. La salle est vide, pas de table, pas de chaise, un simple petit foyer d'argile devant lequel une femme accroupie surveille la cuisson du riz. Elle les invite à s'asseoir sur une natte, enlève le torchon noué sur sa tête et s'en sert pour essuyer verres et plats. Martha, que ces préparatifs inattendus rebutent un peu, s'installe dehors à l'ombre des arbres près d'une cascade. L'eau courante bouillonne à ses pieds. Elle y plonge les mains creusées en coupe et les porte à ses lèvres.

— Ne bois jamais l'eau de la montagne. Elle te rendrait malade. Voilà ton repas.

Karma pose à côté d'elle un grand plat et une coupelle pleine d'une sauce brunâtre et piquante faite de purée de lentilles. En dépit du « dal » dont elle arrose copieusement le riz si difficile à avaler, Martha presque étouffée en laisse un bon tiers.

— Si tu veux marcher, il faut le terminer, dit Karma mécontent.

Martha s'efforce de manger quelques cuillerées supplémentaires avant de déclarer qu'elle n'en peut plus. À l'aide de son index plié, Karma nettoie si bien son assiette qu'elle semble n'avoir pas servi !

Il règle le prix des repas, salue joyeusement leur hôtesse qui, sur le pas de la porte, assiste à leur départ, et encourage Martha :

— En route pour la première montée de notre trekking… Elle ne dure que deux heures…

Sur la piste

Martha ne ressemble plus que de très loin à la fraîche jeune fille qui débarquait à Pokhara, il y a six jours. Son visage tanné par le soleil et le vent porte les marques noires du dernier feu de bois, son blue-jean largement déchiré est réparé tant bien que mal avec du sparadrap, et son anorak bleu-marine paraît avoir ramassé toute la poussière du chemin. Elle tient à la main un bâton aussi grand qu'elle qui est plutôt le symbole de son libre va-gabondage que l'appui nécessaire à ses pas.

A peine essoufflée, elle se hâte de rejoindre Karma qui s'est arrêté à l'orée du petit bois de conifères qu'ils viennent de traverser.

— La Takhola, Martha !

Entre les plus hauts sommets du monde, c'est à 2800 mètres d'altitude, une large brèche caillouteuse où ser-pentent et se ramifient les eaux naissantes de la Kali Gandaki.

— Voici à gauche le Daulaghiri avec son glacier en forme de langue, précise Karma, et à droite les aiguilles des Nilghiri. Vois-tu ce groupe de maisons qui se confondent avec les rochers ? C'est Tukuche, à trois heures de marche. Dans deux heures, tu seras auprès de ton père.

Quand, à mi-chemin, Martha avait avoué à Karma qu'elle ne savait dans quel village s'étaient installés ses parents, celui-ci l'avait rassurée.

— Nous allons le demander !

Et il avait questionné patiemment les gens qu'ils croisaient sur la piste. Martha commençait à se désoler quand une famille originaire de Dolpo avait affirmé avoir rencontré dans une rue de Gopang une sorte de géant au visage rouge couvert de poils clairs.

— Ton père est-il tel qu'ils le décrivent ? avait demandé Karma impressionné.

— Il ne peut s'agir que de lui. Et maman ?

Karma avait aussitôt traduit.

— Il n'y a pas de femme avec lui…mais un enfant, garçon ou fille – ils ne savent pas – qui lui arrive à peine à l'épaule.

— Ce sont eux, j'en suis sûre, avait explosé Martha. Vite, en route !

Et Martha a marché, marché ouvrant les yeux émerveillés sur le monde nouveau qui lui était révélé.

Le chemin de la Takhola, ancienne voie d'accès vers le Tibet, est encore une des pistes les plus fréquentées du Népal. Elle y a croisé des Takhalis qui, poussant devant eux un train de mules empanachées, fuyaient les rigueurs de l'hiver en altitude et migraient vers les Basses Terres. Par le truchement de Karma, un dialogue s'établissait parfois entre Martha et de rudes Botiahs, au visage d'asiate, en route pour le grand pèlerinage de Bodnath. Martha a même une fois partagé avec eux, au bord de la piste, la tsampa* et le thé tibétain, sorte de bouillon gras, salé et très réconfortant, servi par des mains si noires qu'on aurait pu croire qu'elles n'avaient jamais été en contact avec de l'eau.

— Quelle circulation et quel embouteillage, murmurait Martha en sautant dans les rochers pour laisser passer une caravane de dzo*, progressant lentement, têtes basses sous leur charge.

Jalonnant la piste, tantôt perchés sur la ligne de crête et accrochés à flanc de montagne, tantôt nichés dans d'ombreuses vallées, les villages offraient l'image d'une vie archaïque et agreste : femmes lavant leur linge au torrent, décortiquant le riz à l'aide d'un lourd pilon de bois, filant et tissant la laine.

Le bâton de Martha résonne gaiement sur les cailloux ronds de la Kali Gandaki. Elle marche tête baissée, luttant contre le vent glacé qui souffle du Tibet et lui pince les oreilles et le visage. Karma, vraiment très mal équipé pour affronter le rigoureux climat de la haute vallée, a posé sur ses épaules, au niveau du sac à dos, le duvet de Martha.

— Nous n'irons plus très loin en cet équipage, songe-t-elle.

*Tsampa - farine d'orge grillée
*Dzo - croisé de yak et de vache

Silencieuse à côté de la silhouette bossue de son compagnon, elle évoque les plus durs moments de son trekking, les montées interminables sous un soleil écrasant, suivies de descentes vertigineuses en escalier dans lesquelles la fatigue la faisait trébucher et tomber, les fragiles ponts suspendus qui se balançaient au rythme de ses pas et le poids intolérable du sac qui lui sciait les épaules.

Peu à peu son corps s'est rompu à la discipline de la marche, l'effort lui est devenu moins pénible et, les jours passant, presque une joie.

— « Karma a été merveilleux », pense Martha.

A l'étape, il la prenait en charge comme un bébé. Tandis qu'elle ôtait ses lourdes chaussures et massait ses pieds endoloris, il commandait les repas, empruntait des couvertures, sortait le duvet et la trousse de toilette, l'aidait à brosser ses cheveux, enfin lui apportait l'inévitable platée de riz agrémenté parfois d'un œuf ou de quelques morceaux de viande séchée... Martha évoque ses gîtes d'étapes ; l'unique pièce enfumée dans laquelle hôtes et voyageurs de toute origine s'entassaient pour manger, boire le thé et dormir ; elle revoit Karma chassant quelques volailles piaillantes d'un recoin obscur pour y installer son couchage. Écrasée de fatigue, elle s'endormait vite en dépit des rires, des conversations et des pleurs d'un bébé qui se prolongeaient tard dans la nuit. Quand elle entrouvrait les yeux, elle distinguait à la lueur du foyer central les rudes méplats d'un visage asiatique ou le profil souriant de leur hôtesse.

Au-dessus des têtes penchées, une nappe de fumée épaisse montait jusqu'au plafond, l'air n'était respirable qu'au ras du sol. À mesure qu'ils avançaient vers la Takhola, les maisons se faisaient plus grandes, plus confortables. D'importantes réserves de bois séchaient au bord des toits en terrasse. Hier, pour la première fois depuis son départ, Martha a pu quitter ses vêtements et dormir en pyjama dans la vaste pièce blanchie à la chaux réservée aux voyageurs. Enroulé dans trois couvertures, Karma conscient de ses responsabilités s'était allongé devant la porte.

— Marta, on aperçoit maintenant Gopang, de l'autre côté de la rivière.

Au pied du Daulaghiri, quelques maisons se serrent autour du gompa* dont les grands drapeaux à prières s'agitent furieusement au vent.

— C'est encore plus beau que je le rêvais, exulte Martha.

— Si tu ne crains pas de te mouiller les pieds, nous pouvons traverser la Kali Gandaki ici, dit Karma, le gué et le pont sont beaucoup plus loin.

— Allons-y, répond Martha en enlevant ses chaussures et ses chaussettes.

A la suite de Karma, elle patauge dans l'eau glacée qui lui mord cruellement les chevilles et les mollets. Le but de son voyage est atteint, elle va rejoindre ses parents. Mais que penseront-ils de sa folle équipée ? Et Martha baisse la tête dans l'appréhension de la semonce méritée.

*Gompa – temple, monastère

Karma lui demande :

— Que vas-tu raconter à ton père ?

— Je lui dirai la vérité petit à petit, murmure, Martha incertaine.

— Écoute, dit Karma, il est préférable que tu le voies seule, je t'attendrai ici sur les marches du gompa. Bonne chance, Martha.

— A toute à l'heure, Karma. J'arrange mes affaires au mieux et je viens te chercher.

En quête de ses parents, Martha erre dans les venelles désertes de Gopang. Elle se décide à interroger les femmes qui lavent leur linge au torrent quand un éclat de rire la fait s'arrêter coite, il n'y a que sa mère pour rire ainsi sur trois notes aigües. Martha longe le haut mur de pierres blanches qui entoure une maison, un écho de voix françaises semble tomber du ciel.

Elle lève les yeux, nul doute que ses parents ne soient là sur la terrasse, cachés à ses yeux par l'entassement du bois qui sèche. Elle pousse le lourd vantail et pénètre dans une petite cour où Saïla, le porteur tamang, à l'aide de cendre et de boue, fait une assez répugnante vaisselle. Bouche bée, il regarde Martha le saluer gentiment de la main et se diriger sans bruit vers l'escalier de pierre.

Assis au soleil, ses parents partagent leur tardif petit déjeuner avec un jeune chien ébouriffé.

— Vous m'offrez un verre de thé ? demande Martha doucement.

Karl et Stéphane sursautent et se lèvent pour accueillir leur fille.

— Nous t'attendions chaque jour avec plus d'impatience, dit Karl la serrant contre lui.

— Mais que t'est-il arrivé ? ajoute Stéphane en la regardant d'un œil critique. Pourquoi es-tu si sale ? On dirait que tu n'as pas changé de vêtement depuis ton départ.

— Où sont Monsieur et Madame Franz et leurs porteurs ? interroge Karl.

— Eh bien, voilà, commence Martha…et elle raconte à ses parents sa déception de ne pouvoir partir avec Madame Franz et la décision qu'elle a prise de les rejoindre envers et contre tout.

— Qu'as-tu dit à Madame Franz pour qu'elle te permette de venir en Takhola ? demande son père.

Le plus difficile reste à avouer… Karl fronce de terribles sourcils et Stéphane, désolée, s'exclame :

— Ainsi, Madame Franz ignore ton départ ! Mais qui t'a accompagnée jusqu'ici ? Tu n'es pas venue seule quand même ?

— Non, répond Martha précipitamment. Je suis venue avec un Tibétain.

Sans voix, Stéphane et Karl se regardent.

— Ma petite Martha, tu vas tout nous raconter, lui dit doucement son père.

— Avant, allons chercher Karma qui m'attend à l'entrée du village, implore Martha.

Recroquevillé sous le duvet qui couvre mal ses jambes nues rougies par le froid, Karma a l'air assez pitoyable pour attendrir Stéphane qui s'étonne :

— Ainsi, c'est ce garçon qui t'a conduite jusqu'à nous ?

— Retournons à la maison où vous vous changerez et vous restaurerez avant de répondre à toutes les questions que j'ai à vous poser, coupe Karl en saisissant le sac à dos posé sur les marches du gompa.

Dans la cour, Saïla et Norbu assis sur leurs talons se chauffent au soleil et s'exclament en voyant passer Karma qu'ils semblent reconnaître.

Stéphane répartit entre les deux enfants quelques-uns de ses vêtements et enferme chacun d'entre eux dans une pièce vide avec des seaux d'eau chaude, un pain de savon et de la poudre insecticide.

Un peu perdus dans leurs pulls over d'emprunt, mais les mains nettes et les joues brillantes, Martha et Karma savourent une belle omelette de six œufs et dévorent de larges tartines taillées dans le pain compact que Norbu cuit deux fois par semaine.

Les voyant enfin rassasiés, Karl demande :

— Alors, Martha ?

Le ton de son père est assez sévère et Martha décide de parer au plus pressé :

— Il faudrait tout de suite télégraphier à Madame Franz !

— Tu t'imagines peut-être qu'il y a une agence postale à Gopang, persifle Karl. Eh bien, non. Le poste de radio est à six heures de marche d'ici… Nous ne pourrons y aller que demain.

Martha contrite baisse la tête et reste silencieuse. Sa mère qui, trop heureuse de l'avoir près d'elle, lui a déjà pardonné, vole à son secours.

— Comment s'est passé votre trekking ? Raconte.

— Papa dit que la marche est l'expression même de la liberté, c'est vrai, déclare Martha avec passion. Nous nous levions à l'aube, nous nous reposions quand nous étions fatigués, sans autre désir que celui de vous rejoindre. Démunis de tout, nous avons réduit nos besoins à deux assiettées de riz quotidiennes, quelques verres de thé et un coin pour dormir. Quelle joie de découvrir chaque jour les montagnes à la fois plus proches et plus inaccessibles !

Karl semble conquis par l'enthousiasme de sa fille et c'est d'une voix moins rude qu'il la questionne :

— Vous n'avez pas eu d'ennui et de frayeur d'aucune sorte ?

— Non, répond Martha, rien qui vaille la peine d'en parler, puis après avoir réfléchi une seconde, elle ajoute, Karma n'a jamais voulu que nous traversions seuls la forêt de conte de fées. Les arbres ont des formes étranges et à leurs branches pendent en haillons d'extraordinaires mousses. Il y fait sombre même en plein jour et l'air y résonne des chuchotements et du fracas de mille cascades. Nous nous sommes joints à un groupe de Bothias qui marchaient très vite comme s'ils étaient eux aussi effrayés… Mais, je n'ai toujours pas compris, Karma, si tu y craignais les voleurs ou les mauvais esprits.

Karma rougit et dit d'un air gêné :

— Cette forêt a une réputation inquiétante. Dans le temps, des voyageurs y ont disparu. Et, ne te moque pas de moi, tu as peur des buffles, des ours et…

— Ne le dis pas, ne le dis pas, s'écria Martha !

Toute mauvaise humeur disparue, Karl regarde les deux enfants d'un air amusé :

— De quoi donc as-tu peur ?

— Du Yéti*, avoue Martha dans un souffle.

— S'il vit et rien n'est moins certain, c'est au-dessus de 4000 mètres d'altitude, dit son père en éclatant de rire.

— Oui, Karma me l'a expliqué et je n'y ai plus pensé. Si j'ai eu peur des buffles, c'est avec raison. L'une de ces bêtes nous a chargés sur un sentier étroit et c'est miracle que je n'aie pas été renversée et piétinée. Quant aux ours, il y en a ! J'ai vu dans un village un jeune homme qui portait au visage et au bras droit d'épouvantables blessures.

— Mais je t'ai dit que nous ne risquions pas d'en rencontrer, le jour, sur la piste !

— Il n'empêche... dit Martha en frissonnant.

Karl l'entoure de son bras :

— Tu t'es montrée aussi courageuse qu'irréfléchie. Nous t'avons près de nous saine et sauve, alors n'en parlons plus.

Se sentant enfin pardonnée, Martha embrasse son père et sa mère.

— Je vous promets...

— Non, ne promets rien, interrompt Karl. Je te connais assez pour savoir que tu continueras à te lancer dans des aventures inconsidérées, je souhaite seulement que tu t'en tires toujours à bon compte.

*Yéti – abominable homme des neiges. Cf Hergé « Tintin au Tibet »

Sautant sur ses pieds, Martha demande :

— Si je ne marche pas, comment vais-je occuper mon après-midi ?

— Si la marche t'est devenue indispensable, tourne autour du village, lui répond son père moqueur. Moi, j'allais te proposer de visiter la maison et de saluer notre propriétaire. Elle te surprendra !

C'est une jeune nonne bouddhiste qui accueille Martha et ses parents dans la grande pièce du rez-de-chaussée. Elle les dirige d'une main ferme vers un divan bas, amoncelle autour d'eux des coussins brodés et se précipite dans la cuisine contigüe pour préparer le thé.

— La Juma* participe aux offices religieux mais elle n'est pas tenue de vivre au monastère et elle continue à disposer de ses biens et à les gérer comme elle l'entend, explique Karl.

Prem Kumari revient chargée d'un plateau appétissant. Les cheveux ras ne parviennent pas à enlaidir son visage rond aux pommettes hautes et aux yeux malicieux, et l'ample robe bordeaux n'entrave pas ses mouvements précis.

Dans un népali élémentaire, elle questionne Martha qui se rappelant les leçons de Devi lui répond de façon intelligible, remplaçant parfois le mot qui lui fait défaut par une mimique expressive.

Karl et Stéphane laissent les deux filles à leurs fous rires, leurs discussions et leurs gâteaux secs, et décident de louer trois chevaux pour arriver à Jomson assez tôt dans la matinée.

*La Juma - la nonne

Passant devant le réduit obscur où Norbu cuisine habituellement, ils entendent une violente dispute : une voix criarde d'enfant répond aux hurlements du Tamang et du Sherpa. Karl s'incline, franchit la porte basse et découvre Karma faisant face aux deux porteurs qui semblent de plus pouvoir se contenir.

— Ne reste pas ici, Karma, va rejoindre Martha chez la Juma.

Ayant ainsi éloigné le garçon qui ne réplique pas, Karl demande sèchement à Norbu :

— Pourquoi cries-tu ?

Petit à petit, le Sherpa se calme et explique péniblement :

— Je connais ce jeune Tibétain. C'est un voyou. Il mendie à Katmandou, rançonne les voyageurs sur la piste et vole dans les hottes. Je ne veux pas de lui dans ma cuisine.

Suffoqué, Karl essaie de raisonner Norbu.

— Ce n'est pas possible. Il a accompagné jusqu'ici notre fille qui lui a confié tout son argent et il vient de nous en rendre un compte très précis. Karma est honnête, j'en suis sûr.

Norbu, buté, proteste que non et Saïla grommelle plusieurs fois :

— Karma, Na Ramro*. Na Ramro !

Stéphane et Karl excédés décident de remettre la discussion à plus tard et demandent au Sherpa d'acheter et de cuire une poule pour le dîner, afin de fêter l'arrivée des enfants.

*Na Ramro - pas bon

Il faut à Karl plusieurs heures pour négocier la location de trois montures qui leur seront amenées le lendemain à l'aube. Le soleil a disparu depuis longtemps derrière le Daulaghiri quand ils regagnent la maison.

Martha est toujours chez Prem Kumari. La tête enfoncée dans un coussin, elle pleure sans retenue sous le regard compatissant de la Juma qui la console maladroitement.

Stéphane affolée se précipite vers sa fille.

— Qu'est-ce que tu as, ma chérie ?

A travers les sanglots de Martha, elle comprend que Karma est en cause.

— Qu'a-t-il fait ? demande-t-elle.

— Il est parti, hoquète Martha.

Karl intervient :

— Calme toi un peu et voyons ce qu'on peut faire pour lui.

— Rien, soupire Martha en s'essuyant les yeux. En m'attendant à l'entrée du village, il a vu passer un homme qu'il connaissait et il va le rejoindre à Marpha.

— Mais il n'avait pas l'intention de le faire cet après-midi, s'étonne Stéphane.

— C'est à cause de Norbu et de Saïla, dit Martha.

— Oh, ces deux-là vont savoir ce que je pense d'eux, gronde Karl.

Martha s'est redressée, elle étouffe un dernier sanglot et pose sa main sur le bras de son père.

— Tu n'as rien à leur dire, papa. Ils ont raison, Karma est un mauvais garçon. Je le savais mais j'espérais l'avoir changé… Il m'a avoué cyniquement qu'il en avait assez de jouer les nurses et les gentlemen et que l'on ne l'y reprendrait plus. Il a remis ses vieux vêtements et il est parti.

— Ne te désole pas, dit Stéphane en prenant sa fille dans ses bras. Je ne peux croire que Karma soit foncièrement mauvais, il est surtout très malheureux.

Et Karl ajoute :

— Marpha est sur la route de Jomson, tu le retrouveras certainement demain. En attendant viens faire honneur au poulet rôti que Norbu a préparé.

A cheval dans la vallée

Un bruit rythmé de sabots, un hennissement étouffé éveillent Martha. Le faible rais de lumière qui filtre à travers les volets tombe sur deux sacs de couchage vides, ses parents sont déjà levés. Alors, courageusement, elle rejette ses trois couvertures, rampe hors de son duvet et se dresse frissonnante dans la grande pièce sombre. Elle s'habille à tâtons, enfilant et superposant les chandails.

Avec Stéphane entre une grande bouffée d'air glacé et Martha s'insurge :

— Ferme vite la porte, maman, il fait encore plus froid dehors qu'ici !

— Petit déjeuner, Martha.

Précédant sa mère, Martha se glisse dans l'étroite cuisine où Norbu officie à la lueur d'une bougie. L'odeur âcre de la fumée de bois se mêle à celle de la graisse chaude. Le cuisinier accroupi devant le petit foyer de terre glaise répand une cuillerée de pâte dans la poêle grésillante.

— Des crêpes ! s'émerveille Martha.

Assis à l'étroit sur un banc instable, assiette posée sur les genoux, Martha et ses parents expédient leur petit-déjeuner tandis que Saïla souffle bruyamment sur le bois qui brûle d'une haute flamme claire.

— Maintenant, à cheval, dit Karl.

Attachés aux anneaux fixés dans le mur, trois chevaux font sonner sous leurs sabots ferrés les dalles de la rue. Martha qui les examine en connaisseur fait la moue.

— Comme ils sont petits et laids avec leurs longs poils embroussaillés. Je ne vois pas là une monture qui puisse te convenir, papa !

— Détrompe-toi. Celui-ci va m'emmener très vite à Jomson, répond son père en se mettant en selle. Choisis le plus foncé, Stéphane, c'est le plus doux.

La cavalcade s'ébranle à travers Gopang. Les chevaux descendent quelques marches, traversent d'un sabot sûr le petit pont branlant et foulent les galets de la Kali Gandaki.

— Allons-y, crie Martha en rendant les rênes à son cheval et en lui talonnant les flancs. Sans avoir besoin d'être davantage sollicité, il part au grand trot.

Légèrement inclinée sur le col de sa monture, Martha se laisse aller à la joie de la libre chevauchée : il n'y a pas ici de maître de manège exigeant pour corriger sa tenue ou réfréner sa témérité. Un coup d'œil en arrière lui permet de voir qu'elle a largement distancé ses parents. Elle décide de les attendre. Le petit cheval fougueux s'arrête avec docilité et elle flatte de la main sa longue crinière brune.

L'air est immobile et glacé. Le soleil ne s'est pas encore levé au-dessus des montagnes. Les Nilghiri dans l'ombre paraissent bleus, le sommet du Daulaghiri touché par un reflet d'or s'empanache d'une légère fumée.

Karl et Stéphane s'arrêtent près de Martha qui leur demande la permission de mener le cheval à son gré jusqu'au prochain village Tukuche. Elle y flâne un moment, admirant les hautes maisons blanches aux fenêtres de bois sculpté, hélas, pour la plupart dans un bien triste abandon.

— Ne perdons pas de temps, dit son père en la rejoignant, bientôt le vent va se lever et contrarier notre avance.

Au trot de leurs chevaux, ils doublent une caravane de mules et de dzo et traversent Marpha accrochée à la rive droite de la Kali Gandaki.

— Voici l'Annapurna, crie Karl le doigt tendu vers le massif qui apparaît derrière les Nilghiri.

Maintenant le grand vent du Tibet souffle continuellement, entraînant des tourbillons de poussière grise. D'une main engourdie, Martha essuie ses yeux remplis de larmes. La vallée s'élargit, se dénude encore. Cravachés, les petits chevaux redoublent d'ardeur et les cavaliers mettent pied à terre à l'entrée de Jomson.

— Quatre heures, c'est un record, déclare Karl satisfait, nous ne perdrons pas notre journée.

Étape ultime sur la piste du Mustang interdit aux étrangers, Jomson disperse des baraques d'assez pauvre apparence et quelques maisons blanches, dans un site sévère balayé par un vent sans mesure. Bien que

Tukuche soit « la capitale » de la Takhola, c'est à Jomson que sont installés le dispensaire, la garnison militaire et le poste de Radio.

Un soldat, grelottant en dépit de la longue écharpe qu'il a noué au-dessus de son calot, s'approche en traînant les pieds.

— Trekking Permit, Sir !

Karl présente aussitôt les trois autorisations.

Après les avoir déchiffrées à haute voix et examiné longuement les photos qui y sont fixées, le militaire tend le bras vers le nord et dit en mauvais anglais :

— Par-là, défendu !

— Oui, je sais, répond Karl. Nous ne comptons pas aller au Mustang. Nous voudrions télégraphier…

Au mot Mustang, le seul qu'il ait compris, le visage du soldat exprime une méfiance obtuse.

Karl renouvelle patiemment sa demande. Résignées à une longue attente, Martha et Stéphane relèvent le col de leur anorak et, le dos au vent, sautillent d'un pied sur l'autre pour se réchauffer.

Enfin, un officier arrive attiré par les éclats de voix de Karl qui, désespérant de se faire comprendre, commence à se fâcher. C'est un Népalais de la vallée de Katmandou qui, en poste dans une des garnisons les plus isolées, accueille toujours avec beaucoup d'affabilité les étrangers. Après s'être rapidement présenté, il emmène la famille Eriksen à son bungalow tandis que le soldat s'éloigne avec les trois chevaux.

Heureux de recevoir des étrangers, le capitaine Tapa commande à son ordonnance du thé et des biscuits, et chasse, de quelques coups de pied bien appliqués, les chiens qui s'approchent de la table.

— Je crains bien que nous ne quittions pas Jomson de sitôt, murmure Stéphane en s'asseyant sur la chaise de bois que lui avance leur hôte.

En effet, l'officier se montre à la fois curieux et bavard. Au bout de deux heures, il n'ignore plus rien de la famille Eriksen qui, elle, en sait long sur les vicissitudes de la vie de garnison au Népal.

Voyant Stéphane étouffer un bâillement sous ses doigts joints et Martha distribuer subrepticement aux chiens les derniers biscuits, Karl juge qu'il a suffisamment sacrifié à la politesse et se décide enfin à demander l'autorisation de télégraphier. Leur hôte les conduit au poste de radio où le texte laconique du télégramme est immédiatement envoyé à Katmandou.

« Martha bien arrivée. Merci pour tout. »

Il ne reste plus qu'à remercier l'obligeant officier, ce dont les Eriksen s'acquittent avec ensemble avant de monter à cheval.

— Nous allons être obligés de faire étape à Marpha, dit Karl mécontent.

— Tant pis, répond Stéphane en se mettant en selle avec précaution. De toutes façons, je ne serais pas restée sur ce cheval jusqu'à Gopang. Je suis tellement moulue que je crains de ne pouvoir m'asseoir pendant trois jours. Comment te sens-tu, Martha ?

— Très bien, maman !

C'est seulement en fin d'après-midi que les cavaliers arrivent à Marpha. Stéphane, à qui le trot du cheval arrachait des cris de douleur, a beaucoup retardé leur avance. Le soleil est déjà tombé derrière les montagnes et le village baigne dans une ombre glacée. La rue principale, sinueuse et étroite, malencontreusement bordée par un profond fossé, est très animée. Les Takhalis rentrant des champs où ils se hâtent d'effectuer les derniers travaux avant leur exode hivernal vers les Basses Terres, y côtoient des gens de Dolpo et de Mustang qui entendent bien profiter de leur meilleure étape sur la grande piste du Nord. Une caravane de mules piaffantes complique encore la circulation et, pour éviter une dangereuse bousculade, Karl n'hésite pas à pousser sa famille dans la cour intérieure d'une maison.

De leur abri, ils regardent défiler les grandes mules noires empanachées d'une queue de Yak, teinte en rouge. Le claquement de leurs sabots dans la rue dallée, leurs sonnailles vibrantes se marient en un joyeux tintamarre qu'amplifie encore l'écho.

— Treize, quatorze, quinze, compte Martha à haute voix. Voici la dernière !

— Nous allons faire étape chez Tulo Prasad, cousin germain de notre amie, la Juma, dit Karl.

Chez Tulo Prasad, il semble bien que la grande cour serve à la fois d'écurie et de salle de séjour. A côté de deux chevaux qui mâchonnent leur litière de genévrier, une jeune femme est installée devant un grand métier à tisser et trois fillettes jouent calmement.

Un peu plus loin, accroupie devant un petit foyer, leur mère fait griller de la viande, et quelques hommes assis sur un banc boivent du thé.

Dans l'air froid monte une bonne odeur d'animaux sains, de feu de bois et d'épices bien cuisinées.

L'entrée des Eriksen distrait la famille de ses paisibles occupations vespérales. La maîtresse de maison se redresse souplement et, entourée de ses plus jeunes filles, marche à la rencontre de Karl. C'est une femme sculpturale au visage sévère enserré par un foulard noué sur la nuque et qui se meut avec une grande majesté. Elle jette un ordre bref à son fils qui desselle et attache les chevaux, à sa fille aînée qui remplit trois verres de thé. Elle installe les étrangers sur des petits bancs et s'assied sans façon à leurs pieds.

— Nous n'avons plus qu'à échanger des sourires en attendant son neveu qui parle anglais, dit Karl.

— Papa, je peux aller à la recherche de Karma, demande Martha ?

— J'aimerais bien que ta mère t'accompagne.

— Pas question que je marche ce soir, dit Stéphane en massant ses reins douloureux.

— Vas-y seule alors, permet Karl, mais reviens avant la nuit.

Fredonnant Frères Jacques, l'air préféré de Karma, Martha déambule dans la rue. Elle jette un coup d'œil curieux par chaque porte entr'ouverte et dévisage les enfants qu'elle rencontre sans oser leur demander s'ils connaissent le jeune Tibétain. Devant l'auberge d'où sort une rumeur de voix confuses, ponctuée de cris et de rires, Martha marque un temps d'arrêt. Elle fouille ses poches et la main serrée sur une demi-roupie, elle pénètre en fronçant le nez dans la grande pièce sombre.

L'air enfumé et nauséabond y est presque irrespirable. Des Bothias installés aux longues tables de bois boivent du rakshi*. Un quartier de viande est pendu au-dessus du comptoir où s'alignent des bocaux de bonbons et des paquets de gâteaux.

En attendant le thé qu'elle a commandé, Martha explore du regard la salle et découvre Karma, debout, derrière des hommes accroupis qui lancent à tour de rôle quelques coquillages sur le sol.

Pris par le jeu, le jeune Tibétain, n'accorde aucune attention à Martha.

Sous le regard insistant d'un des joueurs, elle boit son thé lentement. A la dérobée, elle observe l'homme dont la curiosité ne se relâche pas : le visage plat, dans lequel les pommettes très marquées réduisent les yeux à un fil, ne lui est pas inconnu. Où l'a-t-elle vu ? Sur la piste de Takhola ? A Katmandou ? Non... C'est à Bodnath ! Elle se rappelle même que Karma lui a confié qu'il venait du Mustang et qu'il faisait parfois des affaires avec lui.

Les yeux injectés de sang du Botiah restent fixés sur Martha qui commence à se sentir mal à l'aise. Comment pourrait-elle attirer l'attention de Karma maintenant qu'il lui tourne le dos ? En soupirant elle paie son verre de thé et quitte l'auberge.

Dans la rue, Martha aspire l'air froid à plein poumons et frissonne. Tête basse, elle regagne la maison de Tulo Prasad. Karma a renoncé bien facilement à leur belle amitié et elle est très triste.

*Rakshi - alcool

Avant d'entrer dans la grande cour, où ses parents doivent l'attendre avec impatience car la nuit tombe, elle essuie quelques larmes.

Des pas précipités dans la rue sonore la font se retourner.

— Karma !

Sans rancune, Martha serre la main glacée que lui tend le jeune Tibétain. Il se tient devant elle, l'air hésitant et inquiet, et dit très vite :

— Je regrette d'être parti hier !

— N'en parlons plus, répond Martha magnanime. Viens !

L'air absorbé, Karma suit du bout de son soulier le contour d'une dalle. Alors, Martha insiste gentiment :

— Allons, viens !

Elle entrouvre la porte et se retourne pour voir Karma s'enfuir à toutes jambes.

Cette fois, Martha se fâche. Elle se lance à sa poursuite. Dans la rue maintenant déserte, l'écho de leur course éperdue résonne étrangement. La distance diminue entre les deux enfants et, dans un dernier effort, Martha rejoint le jeune Tibétain.

— Enfin, qu'est-ce que tu as ? Explique-toi, dit-elle en l'agrippant sans ménagement par le col de son pull-over et en lui faisant faire demi-tour.

Karma semble plus effrayé que fâché, à moitié consentant, il se laisse entraîner.

— Nous retournons chez Tulo Prasad où nous attendent mes parents.

— Non, murmure Karma obstiné. Je dois rester avec l'homme que tu as vu à l'auberge.

— Pourquoi ?

— Il m'a donné un travail à faire, il serait furieux si je le quittais.

— Tu as peur de lui ? demande Martha surprise.

— Oui, avoue Karma.

— Mais, il ne peut rien te faire. Si tu viens avec nous, Papa te protègera, déclare-t-elle avec conviction.

Karma désolé secoue la tête.

— Bon, se résigne Martha. Fais comme tu veux. Adieu, Karma.

— A bientôt, corrige le jeune Tibétain vivement. Demain j'irai à Chang Gompa pour assister à la Danse des Lamas, et je te verrai.

— Mais, objecte Martha, je ne sais pas …

— Si, tu y seras, interrompt Karma, j'en suis sûr. À demain, Martha.

— À demain, répond machinalement la fillette.

Pensive, elle entre chez Tulo Prasad.

— Il était temps. J'allais partir à ta recherche, tonne son père.

— As-tu trouvé Karma ? lui demande sa mère.

— Oui, non, répond indistinctement Martha. Enfin, je l'ai rencontré mais il n'a pas voulu venir.

Le souper pourtant délicieux et fort proprement servi n'arrive pas à distraire Martha de sa préoccupation. Elle se demande à quel travail est assujetti Karma et pourquoi le Botiah lui inspire une telle crainte.

— Papa, dit-elle soudainement en se tournant vers Karl que la chaleur des épices fait transpirer en abondance, est-ce que nous assisterons demain à la Danse des Lamas ?

— Qui t'a parlé de cela ? demande son père surpris. Je voulais t'en faire la surprise. Oui, nous irons à Chang Gompa. Je compte faire au Polaroïd des photos de la cérémonie.

— Les lamas te le permettront ? s'étonne Martha.

— Bien sûr, et en leur offrant les clichés, j'espère obtenir l'autorisation de photographier le trésor. Voilà quinze jours qu'ils me la refusent. Ils doivent craindre que le flash réduise en poussière leurs précieuses taras*.

— Et pourtant tu as pu prendre facilement des photos dans cinq autres monastères de la vallée, constate Stéphane. C'est incompréhensible !

Un peu plus tard, allongée toute habillée sous plusieurs couvertures entre son père et sa mère, Martha s'endort et rêve…

Karma la guide dans un gompa obscur. Les murs tendus de soie peinte brillent faiblement à la lueur des lampes à beurre. De grands dragons s'y contorsionnent, des chevaux fous s'y cabrent ! Leurs yeux faits d'un éclat de rubis ou d'émeraude étincellent.

Oppressée, Martha veut faire demi-tour mais Karma l'entraîne vers le fond du sanctuaire.

*Taras - déesses

Dominant des divinités grimaçantes, sous un globe de verre, est enfermé le Trésor des Trésors, statue devant laquelle il se recueille longuement, tandis que Martha reconnaît avec horreur, sur le masque doré figé dans un rictus diabolique, les traits délicats de son ami Tibétain.

La Danse des Lamas

Le lendemain, une grande cavalcade avance dans la vallée de la Kali Gandaki vers Chang Gompa. La famille Eriksen s'est jointe aux habitants de Marpha, de Tukuche et de Chiang, qui en l'honneur de la cérémonie bouddhiste, ont paré leurs chevaux d'un beau tapis de selle et ont revêtu leurs habits de fête : pull confortable et veston européen.

Martha fait au trot des allées et venues entre les premiers et les derniers cavaliers jusqu'à ce que Karl lui interdise de fatiguer inutilement sa monture.

— Qu'allons-nous voir à Chang Gompa ? dit-elle en maintenant le cheval à la hauteur de ses parents.

— Les lamas masqués vont mimer la lutte des bons et des mauvais génies. C'est une cérémonie destinée à conjurer les esprits du mal et à se concilier ceux du bien.

Un à un les chevaux quittent la vallée. Talonnés par leurs cavaliers, ils gravissent à grands coups de reins le chemin abrupt de Chang Gompa. La lente montée vers le monastère fraîchement blanchi, entouré de drapeaux flottants, enchante Karl, Stéphane et leur fille.

Ils dépassent les abris de toile sous lesquels sont vendus le thé et le rakshi et gagnent la porte monumentale du monastère. L'assistance, déjà nombreuse, s'est répartie dans la cour intérieure et sur la haute galerie qui l'entoure. C'est là que Karl installe sa femme et sa fille. Au premier rang, les jambes pendantes dans le vide, elles regardent autour d'elles. Les femmes en costume traditionnel, corsage de velours noir, longue jupe froncée, gavent de bonbons, d'oranges et de gâteaux des enfants aux yeux cernés de khol*. Discussions, éclats de rire et bousculade créent l'ambiance bruyante d'une kermesse.

Un coup de gong retentit et, en haut de l'escalier roide du monastère, des lamas apparaissent. Soufflant dans des trompes et des hautbois, secouant des cloches, heurtant des cymbales, ils descendent majestueusement dans la cour et vont s'asseoir sous la galerie. Entourant le Grand Lama qui, sous un dais, présente les symboles bouddhistes, la foudre et la cloche, arrivent ensuite les danseurs vêtus de robes de soie et coiffés d'une haute mitre. Au rythme de la musique discordante, ils tournent et virent, balançant largement les bras et inclinant le corps à gauche puis, à droite.

La rumeur de la foule se fond dans le tintamarre des cuivres déchaînés.

— Maman, vois-tu Karma là-bas près des musiciens ?

Prenant appui sur l'épaule de sa Mère et sur celle d'un vieux Tibétain, Martha se dresse et agite le bras.

*Khol – pâte à l'antimoine

— Il m'a vue… Faisons lui une petite place, dit-elle en s'asseyant presque sur les genoux de son voisin qui s'écarte sans protester.

Docile, Stéphane se serre contre une jeune Takhali. Des exclamations fusent, une onde agite les rangs de l'assistance pressée derrière elles et Karma se laisse tomber à côté de Martha. Comme toutes les fois qu'il désire soigner sa tenue, il a nettoyé et attaché ses chaussures, remonté ses chaussettes et lissé ses cheveux.

— J'ai vu ton père, il a déjà fait quelques belles photos de la fête, dit-il en tirant de sa poche deux mandarines qu'il tend à Martha et à sa mère.

— Où est-il maintenant ? demande Stéphane en se penchant.

— Au pied de l'escalier dans l'attente de la prochaine danse, répond Karma.

Conduits par un lama impassible, trois nouveaux danseurs se présentent. Leurs têtes sont dissimulées sous des masques identiques aux traits grimaçants que seule la couleur rouge, bleue ou verte différencie. Lentement, ils descendent les marches et la foule s'écarte à leur passage. La furie de la danse les gagne peu à peu. Possédés par le rythme endiablé de la musique, ils s'inclinent, virevoltent, trépignent. Au-dessus de leurs yeux exorbités, de leur bouche béante sur des canines aigües, la queue de yak qui les empanache se balance frénétiquement. Leur cercle se déplace accompagné par les mouvements de flux et de reflux de l'assistance subjuguée.

— C'est envoûtant, murmure Stéphane, tandis qu'un à un ils disparaissent dans le monastère.

Bousculant le lama qui les accompagne, une horde d'esprits malfaisants, vêtus de blanc, dévale l'escalier. Leurs masques plâtreux aux traits à peine ébauchés figurent une tête de mort. Dans la cour bien dégagée, ils se dandinent de façon grotesque, cabriolent et font subir aux spectateurs mille avanies de mauvais goût.

— Mettez vite vos jambes sur la galerie, conseille Karma.

Trop tard, le plus grand des masques a saisi le pied de Martha qui, mi- amusée, mi- effrayée, essaie de se dégager. Mais la prise est solide, elle sent qu'elle glisse insensiblement vers la cour et se cramponne de toutes ses forces au vieux Tibétain et à Karma. Des cris l'encouragent dans sa lutte contre le démon ; redoublant d'efforts, elle se débat violemment jusqu'à ce que l'étreinte cède autour de sa cheville. L'écho d'un rire étouffé lui parvient tandis que le danseur masqué s'éloigne après un dernier geste de menace. Poussée par le lama, la meute maligne se regroupe au pied de l'escalier sous les huées de la foule et quitte à regret le théâtre de ses ébats.

— Attrape, Martha !

De la cour, Karl tend à bout de bras une vingtaine d'instantanés pris au polaroïd.

— Excellents, apprécie Stéphane. Et tu n'as pas raté le combat de l'ange et du démon !

— N'est-ce pas ?... Bien que Martha mérite mal le nom d'ange, répond Karl. En piste pour la danse suivante et attention à vos pieds, ajoute-t-il, en s'éloignant, alors que retentissent gongs et cymbales.

Au fil des heures, les danses se succèdent, rondes et apaisantes des bons génies aux visages sereins, débandades et trépignements des mauvais génies déchaînés.

L'ombre gagne la galerie, le froid se fait vif, et l'assistance commence à se clairsemer.

— Il faut que je m'en aille maintenant, dit Karma soudainement.

Bien que déçue, Martha se garde de le questionner.

— Demain, je quitte la Takhola, ajoute-t-il.

— Passe nous voir à Gopang, suggère Martha, je voudrais te donner quelque chose pour la route.

Le visage de Karma se ferme.

— Non, c'est impossible. Au revoir, Martha. Nous nous reverrons à Katmandou.

— Comme tu veux, répond Martha.

— Tu sais où me trouver, insiste Karma. Je t'attendrai…

Il fait ses adieux à Stéphane et, avec l'aide de Karl saute dans la cour.

— La fête est finie maintenant, dit Karl. Allons boire un verre de thé au monastère. Je vais essayer de monnayer mes clichés contre l'autorisation de photographier le trésor.

Martha a la joie de retrouver son amie Prem Kumari dans une des salles du monastère, transformée en buvette. Elle y sert des petits plats de tarkhari accompagnés en abondance de thé et de rakshi. Elle installe au mieux les Eriksen, les pourvoit largement en boisson et en nourriture et, un instant oisive, s'attarde à les regarder se restaurer. Martha et Stéphane réchauffent leurs doigts engourdis autour de leur verre brûlant. Karl trie rapidement les photos prises pendant la cérémonie, en confie une dizaine à sa femme, glisse les autres dans une grande enveloppe et saisissant son sac, dit :

— Allons voir les moines !

Bien qu'occupés à ranger les masques et les ornements de la fête, les lamas les accueillent avec beaucoup de gentillesse.

Revêtus de la longue robe bordeaux, ils ont repris leur placidité habituelle, et Martha a peine à croire qu'ils incarnaient avec conviction, quelques minutes auparavant, les génies et les démons tourmenteurs des humains. Son père remet l'enveloppe au Grand Lama, les clichés passent de main en main et sont examinés avec des mouvements d'approbation et des éclats de rire. Dans son contentement, faisant fi de toute dignité, le Grand Lama donne quelques bourrades amicales à Karl.

— L'ambiance est à l'euphorie, constate Stéphane à mi-voix. Voyons un peu comment ton père va présenter sa demande.

Au milieu d'un cercle de moines curieux, Karl sort de son sac deux appareils photos auxquels il fixe un flash, puis d'un doigt impérieux il désigne au fond de la pièce une porte close. Alors, avec solennité, le Grand Lama tire de sa poche une clé et se dirige vers le sanctuaire. C'est une longue pièce sombre où le jour pénètre chichement par une étroite ouverture placée au ras du plafond. La lueur vacillante des lampes à beurre est impuissante à percer la pénombre.

D'un geste, le Grand Lama invite les Eriksen à le suivre.

A l'aide d'une puissante torche dont il promène le faisceau lumineux sur les murs, Karl sort de l'obscurité de très précieuses Tankas* que les ans n'ont pas défraîchies.

— Chacune d'elles a une valeur inestimable… Venez jusqu'à l'autel admirer le trésor !

A ces mots, Martha frissonne et, en dépit de l'atmosphère paisible de Chang Gompa, de la présence rassurante de ses parents, elle croit vivre son cauchemar… Mais la face dorée qui resplendit à la lumière de la lampe n'est empreinte que d'une sagesse bienveillante.

— C'est l'effigie d'un sage. Regardez le pendentif de turquoises sans défaut que les lamas lui ont passé autour du cou, dit Karl.

Les Eriksen s'attardent à admirer les taras* alignées devant l'autel. Chaque statue est un chef d'œuvre de grâce, de finesse et d'expression.

— Maintenant, laissez-moi, dit Karl.

Stéphane et Martha qui savent à quel point il est irritable lorsqu'il s'absorbe dans ses travaux photographiques, se soucient fort peu de rester immobiles et silencieuses dans le sanctuaire, et gagnent la porte.

Un instant indécis, le Grand Lama décide de les accompagner. Parfait cicérone, il les prie de s'asseoir sur quelques coussins et commande du thé. Toute la confrérie s'installe autour des deux Européennes.

*Tankas – peintures d'inspiration religieuse
*Taras – déesses

147

Martha fait le tour de ses connaissances en népali pour amorcer un dialogue sommaire. Mais les lamas n'en ont cure, ils s'enfoncent dans un silence souriant ou chuchotent entre eux.

Enfin, Karl rayonnant sort du lieu saint dont il remet la clé au Grand Lama.

— Nous allons profiter du clair de lune pour rentrer à Gopang, dit Stéphane en se levant.

A l'abri d'un auvent, les chevaux attendent patiemment leurs cavaliers. Les Eriksen font un denier geste d'adieu aux lamas qui les ont accompagnés jusqu'à la porte du gompa, puis, tirant leurs montures par la bride, ils commencent à descendre lentement vers la vallée.

L'enquête du Capitaine

— Oh, non, geint Martha à demi éveillée. J'ai encore sommeil.

Bien décidée à se rendormir, elle tire le duvet au-dessus de sa tête et clôt étroitement les paupières. Mais la voix de Karl continue à tonner dans la cour et un choc violent ébranle les volets de la chambre. Toute lucidité retrouvée, Martha s'assied, effrayée, et, sans prendre le temps de s'habiller, se précipite vers la porte qu'elle entrebâille. La scène qu'elle découvre lui arrache un cri de stupéfaction. Deux soldats encadrent son père, le tenant chacun par un poignet. En dépit de leur résistance, il se dirige vers Stéphane qui, campée en face du Capitaine Tapa, se laisse aller à un redoutable accès de colère.

— Avant de parler de perquisition, d'arrestation, avant de porter la main sur mon mari, vous feriez mieux d'entreprendre une enquête, si toutefois vous en êtes capable, ce dont je doute…

Visage empourpré, poings serrés, elle avance encore vers l'officier qui recule pas à pas.

Martha qui sait à quelles extrémités la colère peut porter sa mère redoute le pire. Heureusement Karl, d'un geste de ses deux bras, se débarrasse de ses gardes du corps, il pose une main sur l'épaule de sa femme et lui intime sèchement en français :

— Ça suffit, maintenant, Stéphane. Ne crée pas l'irrémédiable. Monte te calmer sur la terrasse et laisse-moi éclaircir cette histoire seul. Tu ne m'es d'aucun secours.

— Mais, je ne peux supporter de te voir traiter comme un voleur, Karl !

— Chut, lui dit-il plus doucement. Aie confiance, tout finira par s'arranger.

Et il ajoute en anglais :

— Personne ici ne peut croire que j'ai volé à Chang Gompa le pendentif de turquoises et deux des plus précieuses taras. N'est-ce pas, Capitaine Tapa ?

Grâce à l'intervention de Karl, l'officier a repris sa dignité, il donne un ordre bref aux deux soldats qui vont prendre position près de la porte. Stéphane le fixe d'un regard encore courroucé, marmonne quelques mots d'excuses peu convaincants et court vers l'escalier de la terrasse.

L'accusation invraisemblable portée contre son père sidère Martha. Elle donne une légère poussée à la porte pour l'ouvrir plus largement et s'accroupit à l'ombre du vantail. Rien de ce qui se passe dans la cour ne peut lui échapper.

Les visages effarés de Norbu et de Saïla apparaissent à l'entrée de la cuisine. Précédés de leur supérieur, dix lamas sur une même ligne font face au Capitaine et à Karl qui se décide à mener son enquête personnelle.

— Donc, ce matin à cinq heures, en pénétrant dans le sanctuaire, les lamas ont constaté la disparition d'objets précieux. Pourquoi m'accusent-ils avec autant de certitude ?

— Selon eux, personne après vous n'est entré dans le temple. C'est vous-même qui l'avez refermé, explique le Capitaine.

— Exact, j'ai remis la clé au Grand Lama, reconnaît Karl songeur… La porte ne présente-t-elle pas de traces d'effraction ?

— Non, j'ai vérifié, répond avec empressement l'officier. Le cadenas est d'excellente qualité. Il est impossible de le forcer.

— N'y a-t-il pas une deuxième clé qui aurait été égarée ou volée ? insiste Karl.

— Les trois clés du cadenas sont toujours dans la poche du Grand Lama. Il me les a remises tout à l'heure. Les voilà !

Karl jette un coup d'œil distrait sur les clés que lui présente le Capitaine, puis il conclut d'une voix lasse :

— Et évidemment aucune ouverture suffisante pour permettre l'intrusion d'un voleur ?

Pensif, il dévisage les moines un à un. Se pourrait-il que leur accusation soit un coup monté, inspiré par la haine qu'ils porteraient aux étrangers ? Non, leur regard exprime clairement la tristesse et la consternation.

— De toute évidence, il y a là un grave malentendu, soupire Karl. Capitaine, je vous autorise à fouiller mes affaires. Permettez que j'éveille ma fille avant d'entrer dans la chambre.

Martha, qui a tout juste eu le temps de s'habiller, se jette au cou de son père et lui chuchote passionnément à l'oreille :

— J'ai tout entendu, papa. Je suis sûre qu'avant long-temps le Capitaine et les lamas te feront des excuses.

— Espérons-le, dit Karl soucieux. L'affaire se présente bien mal. Va vite rejoindre ta mère, elle a besoin de ré-confort.

Sous la direction du Capitaine, les deux soldats entre-prennent une fouille minutieuse : les matelas pneuma-tiques sont palpés, puis dégonflés, les boites de confi-tures sondées et vidées, bref, toutes les affaires des Eriksen sont passées au crible, mais sans résultat.

Dans l'attente de retrouver leurs trésors disparus, les lamas se sont assis en rang d'oignon et chuchotent lon-guement entre eux.

— Il est tard, papa, on pourrait prendre le thé, suggère Martha timidement.

— Norbu, du thé et des gâteaux pour tout le monde, commande Karl en rejoignant sa femme sur la terrasse.

Triste repas ! En dépit de l'insistance affectueuse de sa fille et de son mari, Stéphane, profondément affectée, refuse de prendre quoi que ce soit.

Mains croisées derrière la nuque, face au Daulaghiri, elle soupire :

— Que vont-ils faire de nous jusqu'à ce que les Taras soient retrouvées ? Pourquoi les lamas, qu'on dit su-perstitieux, ne rendent-ils pas responsables du vol les génies malfaisants qu'ils incarnaient hier ? Cela arrangerait tout le monde.

— Enfin, Stéphane, tu rêves, dit Karl impatienté.

— Mais, non, répond Martha avec force, maman raisonne logiquement. Tu n'as rien volé papa, personne n'a pu pénétrer dans le sanctuaire après toi, et pourtant le pendentif et les deux taras ont disparu. Il y a là une impossibilité que seule l'intervention du surnaturel pourrait expliquer !

— Allons, dit Karl, vous ne parlez pas sérieusement.

— Non, reconnaît Stéphane, il faut donc que quelqu'un soit entré, mais comment ? Et, qui ?

Et, elle ajoute avec amertume :

— C'est au Capitaine Tapa de le découvrir…

— En attendant, je vais me mettre à sa disposition et suivre les progrès de l'enquête, dit Karl. Viens avec moi, Stéphane !

Assise le menton posé sur les genoux, Martha réfléchit. Elle revoit dans le sanctuaire obscur, l'étroite ouverture par laquelle un enfant pourrait à peine se glisser.

Comment imaginer qu'un homme ait pu emprunter cette voie ? Et pourtant la clé du mystère est là, elle n'en doute pas ! Elle réduit mentalement la taille du voleur hypothétique jusqu'à en faire un nain ou un très jeune enfant, et, l'évidence s'impose à elle, aveuglante… Un enfant, bien sûr, mais pas n'importe quel enfant, un garçon avide, rôdé à tous les mauvais coups, dirigé par un homme dangereux.

Alors, mordillant l'étoffe de son col, elle se rappelle les réticences de Karma, le travail mystérieux auquel il a fait allusion, sa crainte du Botiah et sa hâte de quitter la Takhola. Pour Martha nul doute n'est permis, quoi qu'il lui en coûte, elle tient pour certaine la culpabilité de son ami. Lui envoyant une pensée pleine de regret, elle dévale l'escalier et, d'une voix entrecoupée expose ses soupçons à l'officier.

— Évidemment, c'est plausible. Ce Karma a bien mauvaise réputation mais de là à imaginer qu'il ait profané le gompa...

— Mais enfin, qu'allez-vous faire ? s'impatiente Stéphane à qui la déclaration de Martha a rendu du courage.

L'officier, qui n'a pas oublié l'algarade du matin, lui répond sèchement :

— Je vais envoyer un soldat à Jomson, il passera un message radio à la garnison de Pokhara qui prendra l'affaire en main. C'est tout ce que je peux faire !

— Lancez des soldats à la poursuite des voleurs, insiste Karl.

— Je ne dispose que de deux hommes ici, l'un va retourner à la garnison, l'autre doit assurer votre garde cette nuit en attendant que je vous emmène à Jomson.

— Il n'y a évidemment rien à répondre à cela, dit Karl en se contenant difficilement.

— Papa, crois-tu que Karma et son compagnon soient à coup sûr arrêtés à Pokhara, questionne Martha anxieuse.

— Je n'en sais rien. C'est le seul espoir que nous ayons, soupire Karl.

Les sourcils froncés, Martha réfléchit.

— Il n'y arriveront pas avant trois ou quatre jours. Il va falloir attendre presque une semaine pour savoir s'ils sont en possession des objets volés. Et s'ils s'en débarrassent en cours de route, nous n'aurons pas la preuve de leur culpabilité.

— Qu'y pouvons-nous, ma petite fille ?

Beaucoup, pense Martha qui vient de prendre une décision.

La soirée s'étire, interminable. En quête de chaleur les Eriksen se sont terrés dans la cuisine. Ne sachant comment montrer la part qu'ils prennent aux ennuis de leur « Sahib », Saïla et Norbu s'affairent, échangeant de temps à autre, à mi-voix, des réflexions malveillantes sur Karma et sur l'officier.

— Le Capitaine a dû beaucoup insister pour que Prem Kumari accepte de l'héberger avec le soldat. Je doute fort qu'en leur honneur elle mette les petits plats dans les grands et qu'elle sorte du rakshi de derrière les fagots, dit Martha, essayant de distraire ses parents de leurs préoccupations.

— Je dois, moi aussi, dormir dans la salle d'hôte chez Prem Kumari, annonce Karl, pour que ma garde soit assurée dans de bonnes conditions.

Stéphane ouvre la bouche pour protester violemment et Martha avec précipitation détourne la conversation.

— Peux-tu m'expliquer, papa, comment le Capitaine a pu arriver si tôt ce matin. Les lamas n'ont pas eu le temps d'aller le chercher à Jomson !

— Non, ils l'ont rencontré à la sortie de Tukuche où il était en déplacement. Il n'a eu qu'à pousser un peu son cheval pour nous surprendre au saut du lit.

— Son cheval ? dit Martha soudain intéressée. Je ne l'ai pas vu, où est-il ?

— Dans la seconde cour certainement, répond Karl avec indifférence.

Après le souper, Martha donne des signes évidents de lassitude et décide sa mère à l'accompagner dans la chambre.

Allongée dans l'obscurité, respirant profondément comme si elle dormait, elle calcule que les voleurs ne doivent pas avoir moins de vingt-quatre heures d'avance et qu'elle n'a que peu de chance de les rejoindre. Pourtant c'est ce qu'elle va essayer de faire, espérant glaner près des villageois et des touristes en trekking quelques indices qui prouveraient la justesse de ses soupçons et qui suffiraient à convaincre les Lamas de l'innocence de son père. Quant au Capitaine, elle connaît un moyen très sûr pour l'entraîner à sa suite sur les traces de Karma !

Pendant deux heures, Martha lutte contre le sommeil qui la gagne insidieusement. Enfin, sa mère s'est endormie. Son souffle régulier s'élève dans la pièce silencieuse. La jeune fille se lève, saisit ses vêtements et gagne la porte sur la pointe des pieds.

Doucement, elle soulève le loquet de bois et se glisse dehors. Après s'être habillée, elle monte sur la terrasse et la traverse. Son regard plonge dans la seconde cour où, à la clarté de la lune, elle distingue un cheval immobile.

Elle s'assied, jambes pendantes dans le vide. La distance qui la sépare du sol – celle d'un premier étage – est impressionnante. Les yeux fermés, elle s'apprête à sauter, espérant que l'épaisse litière de genévrier amortira sa chute.

— Memsahib !

Martha étouffe un cri. Saïla se tient derrière elle. Sans qu'elle ait besoin de rien lui expliquer, il se laisse tomber dans la cour. Adossé au mur, bras tendus, il offre à Martha ses énormes mains ouvertes. Elle y pose les pieds avec précaution. Son anorak racle le mur et se déchire tandis que le Tamang la descend doucement au niveau de ses épaules. Elle n'a plus alors qu'à glisser le long de son dos, en toute sécurité, pour atteindre le sol.

Seller et brider le cheval, l'amener jusqu'à la porte ne prend, avec l'aide de Saïla, que quelques minutes.

Évitant les rues dallées, il la conduit jusqu'à la rivière, tient l'étrier à Martha, lui remet la torche électrique, cadeau de Karl dont il ne se sépare jamais, et murmure :

— Namasté Memsahib !

Le combat de Martha

Au plus haut du ciel, la lune à son plein éclaire assez la piste pour que Martha lance son cheval au grand trot. Le vent de la course lui fouette le visage, lui tire les larmes des yeux et dissipe sa somnolence. Qu'importe que le tintement des sabots sur les cailloux de la vallée parvienne dans le silence nocturne aux villageois endormis ; Martha aura une grande avance sur les soldats que le Capitaine Tapa va, de Jomson, lancer à sa poursuite. Elle chevauchera jour et nuit s'il le faut pour les entraîner jusqu'aux voleurs.

Surplombant le lit de la Kali Gandaki, la masse sombre d'un bois éveille l'appréhension de la jeune fille. Elle se rappelle l'avoir traversé avec Karma en suivant un étroit sentier qui serpente entre les conifères. Bien que cavalière aguerrie, elle ne peut risquer d'y tenir le grand trot. Tirant sur les rênes, elle apaise l'animal que la course a rendu nerveux et le dirige au pas vers le bois qui recèle, avec les ombres fantastiques engendrées par la lune, tout le mystère de la nuit.

Les aiguilles de pin piétinées bruissent doucement ;
cinglé par une branche piquante, le cheval fait un écart.
Martha se demande si elle suit bien la piste. Ne ferait-
elle pas mieux de mettre pied à terre et de guider sa
monture ? Brusquement, elle a chaud, trop chaud. Dans
les gants fourrés, ses mains sont moites ; ses oreilles
brûlent sous le bonnet de laine, les battements de son
cœur sont presque perceptibles…

La panique l'a saisie : les ours ! Elle avait oublié les
ours, hôtes nocturnes de la forêt.

— Pas question de faire demi-tour, de descendre de
cheval, ma fille, il faut continuer en chantant afin de les
éloigner… dit-elle à mi-voix pour se donner du courage.

La traversée du bois est une longue épreuve. Enfin les
arbres s'espacent, le sentier s'élargit. Martha se rassure
et prend le trot. Alors, à sa droite, une ombre se détache
d'un gros pin et se jette vers le cheval qui se cabre. Martha désarçonnée boule sur le sol. A demi-morte de peur,
elle reste allongée, yeux fermés, s'efforçant de retenir
sa respiration.

— Martha, Martha… Où as-tu mal ?

— KARMA !!!

Martha s'assied, s'assure d'un coup d'œil de la présence du cheval, sort de sa poche la torche électrique
qu'elle braque sur le visage du jeune Tibétain, et, lèvres
serrées le dévisage.

Vêtements en lambeaux, visage tuméfié et saignant,
Karma est pitoyable.

— Va chercher le cheval, commande -t-elle d'une voix
coupante en se levant.

Karma s'exécute sans mot dire.

— Maintenant, je t'écoute, lui dit-elle.

— Je ne voulais pas effrayer ton cheval et te faire tomber, explique Karma. Je me reposais et dormais à moitié avant de traverser le bois ; c'est la deuxième nuit que je marche et j'ai reconnu ta voix. Je croyais rêver. Je t'ai attendue mais tu as mis ton cheval au trot en passant devant moi et j'ai essayé de t'arrêter… C'est vrai que ton père est accusé du vol à Chang Gompa ?

— Oui, répond Martha. Comment le sais-tu ?

— Tout se sait sur la piste. Ce sont des gens venant de Gopang qui en ont parlé devant moi.

Et après un long silence, Karma ajoute :

— Je connais le voleur !

— Moi aussi, dit Martha, et je l'ai même retrouvé !

— Ainsi, tu avais deviné, soupire Karma. Me croiras-tu si je te dis que j'ai pillé le gompa, contraint par le Botiah ?

— Non, je ne te croirai pas. Tu pouvais rester près de nous et le dénoncer au Capitaine.

— Et alors ? Questionné, puis relâché faute de preuves, il se serait vengé de moi. Martha, quand j'ai su que ton père était soupçonné, j'ai décidé de me dénoncer et de rapporter ceci aux lamas.

Et Karma entrouvre sa veste sur le pendentif de turquoises. Martha, cette fois, ne met pas en doute la parole du jeune Tibétain.

— Raconte-moi tout, lui demande-t-elle.

Sensible au changement de ton de la jeune fille, Karma lui prend la main avec reconnaissance et l'entraîne en claudiquant vers le pin.

— Asseyons-nous, je n'en peux vraiment plus... La fête terminée, nous nous sommes cachés aux abords du gompa. Je t'ai vue partir assez tard avec tes parents. Vers minuit, nous avons sans peine escaladé la porte et nous sommes montés sur la plus haute terrasse. Juché sur les épaules du Botiah, je touchais l'ouverture du sanctuaire. J'ai eu de la peine à m'y faufiler et en sautant de l'autre côté je me suis mal reçu. Regarde...

Sous une croûte de sang séché, le genou de Karma est gonflé.

— Et qu'est-il arrivé à ton visage ? s'apitoie Martha.

— Je me suis râpé le menton et le nez dans l'ouverture !

À voix basse Karma continue :

— Dans le sanctuaire, j'ai pris les trois objets que le Botiah m'avait décrits et je les ai mis dans un sac.

— Comment es-tu sorti ? demande Martha intriguée.

— J'avais une corde autour de moi dont le Botiah tenait une extrémité. Je l'ai déroulée et à la force des poignets j'ai atteint l'ouverture. Jusqu'à hier après-midi nous avons marché vers Pokhara, plutôt lentement à cause de mon genou. A Gaza, nous nous sommes arrêtés pour déjeuner, le Botiah a bu trop de rakshi. Il s'est endormi. C'est alors que j'ai appris l'accusation portée contre ton père et que j'ai décidé de vous rejoindre. C'est tout !

Martha réfléchit quelques instants :

— Voilà ce que nous allons faire, déclare-t-elle. Nous retournons à Gopang le plus vite possible. Il n'est pas utile maintenant que le Capitaine sache que je lui ai « emprunté » son cheval.

— Le cheval du Capitaine, interrompt Karma stupéfait… Comment as-tu osé ?

— C'était le seul moyen pour le décider à vous poursuivre, dit Martha en haussant les épaules. Si nous arrivons avant l'aube, avec l'aide de Saïla, nous rentrerons sans nous faire remarquer chez Prem Kumari… Vite à cheval !

Elle aide Karma, très gêné par son genou raide, à s'asseoir en croupe. Le cheval inquiet renâcle, pointe les oreilles, fait des écarts, et elle a beaucoup de peine à mettre le pied à l'étrier pour sauter en selle.

Soudain, la prenant à bras le corps, Karma crie :

— Attention, Martha !

Avant que la jeune fille, occupée à maîtriser le cheval l'ait aperçu, le Botiah silencieux sur ses bottes de feutre est déjà sur eux et s'accroche au mors. Affolée, Martha talonne l'animal qui, impuissant à se libérer, encense et recule.

— Sauve-toi, chuchote Karma. Il ne te poursuivra pas, c'est à moi qu'il en veut.

Mais, Martha ne cède pas. Une colère aveugle la saisit. Empoignant la lampe torche, elle assène des coups redoublés sur le visage et la tête de son agresseur. Furieux, celui-ci agrippe son bras et la déséquilibre. Martha tombe lourdement à ses pieds. Un instant étourdie, elle secoue la tête et reprend souffle. Au-dessus d'elle, la lutte acharnée continue. Les deux bras noués autour de l'encolure du cheval, Karma résiste à l'homme qui tente de l'arracher à la selle. Martha se redresse, se jette sur lui et lui mord la main. Sous la douleur fulgurante le Botiah lâche le mors. Alors, la jeune fille lance son pied chaussé d'un lourd soulier de marche vers le ventre du cheval qui, à demi fou de terreur et de douleur, bondit, renverse les deux adversaires accrochés furieusement l'un à l'autre et part au galop.

— Mon père, va chercher mon père, hurle Martha à plein poumons !

Le Botiah lui plaque la main valide sur la bouche, Martha se bat comme une chatte, à coups de griffes, à coups de dents, ses doigts se refermant sur une natte graisseuse à laquelle elle se pend de tout son poids. Hors de lui, l'homme ne la ménage plus et d'un coup violent derrière l'oreille la met hors de combat.

Les yeux clos, le visage exsangue, Martha gît sur les aiguilles de pin.

Le Botiah avance sur le sentier, puis indécis s'arrête. Le bois est redevenu silencieux…

A l'est, une lueur pâle annonce l'aube. Il revient alors sur ses pas, tourne autour de Martha. Sous l'anorak déchiré, un souffle régulier soulève la poitrine de la jeune fille. Épongeant son visage saignant d'un revers de main, grommelant quelques mots indistincts, l'homme reprend sa marche furtive et disparaît parmi les arbres.

Une heureuse fin

Une main hésitante effleure le front de Martha, qui dans un long frisson, reprend conscience. Au-dessus d'elle, le visage de Karma se brouille et chavire. Vaincue par la douleur qui lui taraude la tête, elle ferme les yeux et soupire :

— Merci d'être revenu, Karma... Où est le cheval ?

— Ne t'inquiète pas, je l'ai ramené !

— Et le Botiah ?

— Il n'a pas essayé de me rejoindre. Je crois qu'il a repris la piste de Pokhara.

La voix de Karma se veut rassurante mais Martha sent trembler la main qu'il a glissé dans la sienne.

— Aide-moi à me redresser, lui murmure-t-elle. Le Botiah m'a proprement assommée et j'ai vu plus d'étoiles qu'il n'y en a dans le ciel !

Debout, adossée à un arbre, Martha lutte contre le vertige et les nausées.

— Pourras-tu monter à cheval ? lui demande Karma inquiet.

— Oui, affirme-t-elle en serrant les dents. Prends-moi en croupe pour traverser le bois.

Les yeux fermés, la tête appuyée sur l'épaule du jeune Tibétain, Martha somnole bercée par le pas du cheval.

Le ciel s'éclaircit, les étoiles pâlissent et le froid se fait plus vif :

— Comment te sens-tu, Martha ?

— Mieux, répond-elle en passant un doigt précautionneux derrière son oreille. Le jour se lève, Karma presse le cheval, il faut absolument arriver à Gopang avant le réveil du Capitaine.

Anxieuse, Martha guette l'apparition du soleil au-dessus des Nilghiri :

— Vite, vite, ne cesse-t-elle de répéter à Karma.

Mais, le cheval épuisé ne peut tenir plus longtemps le galop, couvert d'écume, la respiration ronflante, il trotte irrégulièrement secouant très fort les deux cavaliers.

— Mettons pied à terre ici, dit Karma, et gagnons Gopang par les jardins.

Sur les chemins de terre battue, l'arrivée au village se fait en silence. Derrière les hauts murs blancs, des voix s'interpellent gaiement, les pilons de bois battent un rythme joyeux dans les barattes. La préparation du premier thé retient fort heureusement hommes et femmes dans les maisons.

A une centaine de mètres de chez Prem Kumari, Martha chuchote à Karma :

— Attends-moi ici avec le cheval.

La grande porte est encore fermée ; retenant son souffle, elle y frappe discrètement. Un claquement de pieds nus se rapproche et le battant s'entrouvre sur le visage inquiet de Saïla.

Le saisissant par le bras et lui intimant d'un geste le silence, Martha l'entraîne dans la rue. Le Tamang a compris ce qu'elle attendait de lui. Ignorant Karma, il lui prend les rênes des mains et conduit le cheval jusqu'à l'écurie.

— Pas un mot de notre équipée, recommande Martha au jeune Tibétain. Rejoins mes parents dans un quart d'heure.

Et, d'un ton pressant, elle ajoute :

— Ne dis pas que tu te dénonces pour innocenter mon père. Quand le Capitaine t'interrogera, parle lui surtout de la crainte que t'inspirait le Botiah et persuade-le de la sincérité de tes remords.

— Tu crois que j'irai en prison ? demande Karma angoissé.

Sous l'effet de la fatigue, son visage est incroyablement tiré et ses yeux brillent d'un éclat fiévreux.

— Je ne peux plus rien pour toi, lui dit Martha doucement. Suis mes conseils, je pense que tu retourneras à Katmandou, libre.

En rasant les murs, la jeune fille traverse la cour déserte. Ses parents sont levés et font sur la terrasse ensoleillée une sommaire toilette.

Des bribes de leur conversation lui parviennent :

— Martha est sortie bien tôt ce matin. L'as-tu entendue ?

— Non ! Serait-elle malade ? s'inquiète Stéphane.

Dans la chambre, Martha se hâte de réparer le désordre de ses vêtements. Elle dissimule son anorak déchiré au fond d'un panier, brosse son pantalon poussiéreux et peigne en grimaçant ses cheveux emmêlés. Avec un soupir de lassitude, elle quitte ses chaussures et se glisse dans son duvet.

A plat ventre, la tête enfouie dans ses bras croisés, la jeune fille dort anéantie. Rien ne peut venir à bout de son sommeil, ni les exclamations joyeuses qui retentissent dans la cour, ni le chœur reconnaissant des lamas, ni la porte qui grince.

— Debout paresseuse ! Karl est accroupi près de Martha qui, à contre-jour, distingue mal l'expression de son visage.

— Oui, papa ? interroge-t-elle d'une voix dolente.

— Nos ennuis sont finis… Ta mère et moi nous venons de partager avec le Capitaine et les lamas, le thé de la réconciliation !

Martha s'assied, étire ses membres douloureux et bâille sans discrétion.

— Eh bien, s'impatiente Karl, voilà tout l'effet que cette nouvelle te produit ?

— Raconte, papa, demande Martha en l'attirant près d'elle.

— Bien que tu aies jugé Karma plus sévèrement qu'il ne le méritait, tu n'as pas eu tort de le soupçonner. Imagine que ce matin…

Et Martha écoute le récit de l'arrivée du jeune Tibétain et de son repentir. L'audace dont il a fait preuve pour tromper la surveillance du Botiah, les blessures qui marquent son corps et la restitution du collier lui ont valu une absolution générale.

— Quel courageux petit bonhomme, conclut Karl. J'ai failli me fâcher avec le Capitaine dont les questions inutiles le troublaient.

Martha dissimule contre l'épaule de son père un sourire triomphant : Karma fait figure de héros maintenant. Sa mauvaise réputation, le souvenir de ses méfaits passés vont s'effacer à mesure que se répandra sur la piste et dans la vallée, magnifiée par la légende, l'histoire du pendentif de turquoise.

— Va vite le rejoindre, Martha, et ne sois pas trop sévère avec lui.

Assistée par Saïla, Stéphane désinfecte et panse les blessures du jeune Tibétain qui se laisse soigner d'un air béat. Faisant un clin d'œil au Tamang qui lui retourne une grimace complice, Martha va s'asseoir sur le banc à côté de Karma. En silence, les enfants suivent les mains habiles de Stéphane qui bandent le genou blessé.

— Voilà, dit-elle en fermant l'épingle de sûreté. Tu pourras marcher comme si de rien n'était. C'est la joie qui te rend muette, Martha ?

— Non, j'ai mal à la tête, se plaint la jeune fille.

— Tu dors trop, coupe Stéphane péremptoire. Prends deux comprimés d'aspirine et tâche d'être en forme pour la fête.

— Quelle fête, maman ?

— Celle que les lamas organisent à ton intention. Désireux de se faire pardonner leur accusation, ils vont nous intégrer à la communauté villageoise en te jumelant avec Prem Kumari. Par la grâce du Grand Lama, ce soir, vous serez sœurs et j'aurai une fille adoptive !

— C'est le Capitaine qui va présider la cérémonie ? demande Martha moqueuse.

— Hélas, non, répond Stéphane en riant. Il faut qu'il retourne très vite à Jomson pour lâcher ses meilleurs marcheurs à la poursuite du Botiah et des deux Taras volées. Allons lui souhaiter bonne route !

Devant la porte, le cheval de l'officier attend immobile l'encolure basse. Martha s'en approche et lui offre deux sucres sur sa paume ouverte. L'odeur de la friandise inhabituelle tire l'animal de sa torpeur. Allongeant les lèvres, il s'en saisit délicatement. Martha promène sa main sur le pelage sec et lustré et inspecte d'un œil critique les sangles et le mors. Personne ne pourra trouver à redire… Saïla a fait du bon travail.

— Mon cheval vous plaît, constate le Capitaine. Méfiez-vous, il est plutôt vif !

Surprise, Martha rougit sous son hâle, tandis que l'officier se met lourdement en selle.

— Monsieur et Madame Eriksen, je vous renouvelle toutes mes excuses pour ce fâcheux malentendu. Bonne fin de séjour en Takhola.

Ce disant, il enfonce les talons dans les flancs du cheval qui ne bronche pas. Il ne faut rien moins qu'un coup de cravache pour qu'il adopte un trot trébuchant propre à éreinter le cavalier le mieux entraîné.

— Je lui souhaite bien du plaisir sur cette rosse jusqu'à Jomson, plaisante Karl.

Martha et Karma échangent un coup d'œil malicieux, puis éclatent de rire avec un bel ensemble.

Marqué de mille rides, le visage de Saïla se convulse dans une jubilation silencieuse. Les regardant tour à tour, un peu étonné mais souriant par contagion, Karl dit :

— Allons, c'est bien que cette journée se passe sous le signe de la joie !

La cour que l'ombre a gagnée est déserte. En file indienne les lamas sont entrés dans la pièce que Prem Kumari réserve à ses invités et qu'elle a décorée pour la fête.

Des tapis de laine aux motifs géométriques et floraux égaient le plancher inégal. Leurs couleurs violentes que la tisseuse a assemblées au gré de sa fantaisie éclatent dans des contrastes surprenants. De la cuisine s'échappe l'odeur apéritive d'un tarkari corsé. Revêtue d'une robe neuve, Prem accueille ses hôtes et les conduit jusqu'à la banquette d'argile qui disparaît sous un amoncellement de coussins brodés. Entre Karl et Stéphane, les deux enfants se creusent un nid.

L'assemblée commente avec passion les évènements de la journée, la perte des deux Taras et... la clairvoyance du Capitaine !

Karl sollicite parfois l'aide du jeune Tibétain pour pallier l'insuffisance de Norbu qui, meilleur cuisinier qu'interprète, mêle dans un jargon incompréhensible les mots anglais, népali et takhali.

Insensiblement le sommeil gagne Martha et Karma, leurs paupières s'alourdissent et se ferment, le brouhaha des conversations s'affaiblit et s'estompe. Pâles, le souffle imperceptible, ils dorment enlacés, ayant oublié la fête et leur joie d'être réunis.

Katmandou, le 20 décembre

Près du Fokker allant à Delhi, un groupe disparate entoure Stéphane, Martha et Karl Eriksen. On y reconnait Karma et Saïla, tous deux habillés de neuf, le Grand Lama de Chang Gompa qui a pris ses quartiers d'hiver à Katmandou et l'élégante Madame Franz.

Dans le bruit infernal des appareils qui atterrissent et décollent, les derniers souhaits et les adieux s'échangent.

— J'espère que vous ne regretterez pas votre Méhari, demande Madame Franz.

— Sa vente nous permet de voyager en avion, répond Stéphane. C'est miraculeux. Comment vous remercier ?

— Et, entre vos mains, plaisante Karl, elle aura un avenir glorieux : chasse à la panthère, chasse à l'antilope, safari…

Un peu à l'écart, Karma et Martha se regardent silencieux. Le retour à Katmandou a achevé de sceller leur grande amitié. La douceur maternelle de Stéphane, la présence protectrice de Karl ont fait perdre au jeune Tibétain sa dureté d'enfant des rues, il s'est abandonné au plaisir d'être aimé et gâté. Et voilà qu'aujourd'hui ses amis partent si loin qu'il désespère de jamais les revoir.

Les derniers bagages sont embarqués, les passagers commencent à gravir la passerelle. Étourdi, Karma passe de bras en bras, la barbe douce de Karl, les joues humides de Martha effleurent son visage.

Stéphane lui murmure à l'oreille :

— N'oublie pas tes promesses… Retourne au collège et écris-nous…

La porte de l'avion se referme, la passerelle roule dans un fracas métallique, la robe de Chang Lama claque au vent des hélices et Madame Franz agite la main. Lentement l'appareil prend la piste d'envol.

Karma s'éloigne le cœur serré. Il remonte la file des voyageurs qui, arrivant de Calcutta, attendent de passer la douane. Son regard s'attarde sur un couple de jeunes touristes européens. Un instant indécis, Karma saute d'un pied sur l'autre, puis il s'accroupit pour resserrer les lacets de ses souliers neufs, lisse une mèche rebelle et, outrant l'accent d'Oxford, les accoste en souriant :

— Bonjour Madame, bonjour Monsieur ; bienvenue à Katmandou !

Ménerbes, le 25 décembre

C'est une nuit de Noël comme on les aime en Provence, immobile, glacée et toute brillante d'étoiles.

Contre le ciel clair, l'amandier profile ses branches et la colline ses bosses jumelles. Derrière le noir rideau des cyprès, le mas veille, un lumignon tremblant posé devant sa porte.

Stéphane, Martha et Karl Eriksen ont retrouvé leur demeure, ses hôtes familiers et sa fidèle gardienne.

Un feu de sarments crépitant, une dizaine de bougies illuminent la grande salle. Sur une vieille maie sont alignés les treize desserts provençaux. Dans une jarre de terre cuite, un pied de vigne noueux, décoré de givre et de lunes dorées remplace près de l'âtre le traditionnel sapin.

Disparaissant presque sous les papiers soyeux qu'elle accumule sur ses genoux, Hortense inventorie les cadeaux que ses cousins lui ont apportés de leur lointain voyage. Comblée de fourrures afghanes, de bijoux baroques, elle balbutie très émue :

— Comme vous m'avez gâtée, mes chers enfants !

Martha et sa mère sourient à la joie de la vieille demoiselle. Elles portent l'une et l'autre sur un corsage de soie brute largement échancré une longue robe tibétaine qui découvre leurs pieds chaussés de bottes brodées.

Dédaignant tout folklore, Karl revêtu de son habituelle tenue hivernale, pantalon de velours et pull marin, installe une lanterne de projection en face d'un grand écran :

— Je suis prêt, dit-il. Martha, éteins les bougies… Avant le dîner, nous avons vu les photos prises sur la piste et à Chang Gompa. Voici maintenant celles du jumelage – et il ajoute ironiquement – Martha sera heureuse de nous les commenter !

Le visage du Grand Lama envahit tout l'écran.

— Bel homme ! apprécie cousine Hortense.

Sur la photo suivante, Martha émergeant d'un amas de coussins cligne des yeux ensommeillés et dissimule un bâillement sous une assez vilaine grimace ; à côté d'elle, on devine la chevelure hirsute de Karma.

— Tu dormais, ma petite chatte ? questionne cousine Hortense.

— Belles photos de jumelage, dit Karl sarcastique. Sur l'une Martha s'étire, sur l'autre, elle se frotte les yeux… Regardez !

Sur l'écran Prem Kumari et Martha sont face à face, elles s'appliquent réciproquement une Tika de riz, puis elles échangent une roupie et s'embrassent.

— Veux-tu expliquer à cousine Hortense les différentes phases de la cérémonie, demande Karl.

— La Tika est une sorte de bénédiction, je crois, dit Martha hésitante. L'échange d'argent, sans doute une promesse d'entraide matérielle et le baiser, une concession à la tradition française !

— C'est à peu près cela, approuve son père… Voici les photos du repas, il était si épicé que j'ai cru y laisser mon palais !

— Qu'est-ce que je vois à l'arrière-plan, interroge cousine Hortense en brandissant son face à main.

— Une très belle couverture à carreaux, répond Stéphane en riant, sous laquelle Martha et Karma dorment comme des bienheureux !

— Et voilà, conclut Karl. Par la faute de Martha, la fête a tourné court. Lumière, s'il vous plaît.

À genoux devant l'âtre, Stéphane tisonne les bûches d'une main experte, complète leur échafaudage avec un pied de vigne bien sec et souffle sur les braises ; la flamme jaillit haute et claire.

Silencieuse, Martha présente à la ronde le plat d'amandes mondées, de raisins secs et de fruits confits… Elle est à douze mille kilomètres du mas familial, parcourant à cheval, dans la nuit hostile, une haute vallée himalayenne.

L'emprise du souvenir est telle qu'elle va se serrer contre sa mère.

— Maman, tu ne m'as jamais demandé pourquoi j'étais si fatiguée le jour du jumelage.

Stéphane, qui gratte d'un doigt léger la tête de la chatte allongée sur ses épaules, répond étonnée :

— Mais probablement par ce que tu avais mal dormi la nuit précédente.

— Non, rectifia Martha, je n'avais pas dormi du tout !

Elle s'assied sur le tapis au pied de ses parents, repousse doucement Rhum qui pose une patte possessive sur son genou et, s'éclaircissant la voix, déclare :

— Écoutez, je vais vous raconter une longue histoire…

Au-dessus de la maie, sur la grande photo qu'en a faite Karl, deux taras, leurs yeux étroits demi-clos, sourient mystérieusement.

Épilogue

Suzie, la nièce de Martha

C'était ma tante, elle venait de mourir et me laissait en héritage une assurance vie modique et le mas que j'avais décidé de mettre en vente. Elle s'y était installée après avoir vécu longtemps à l'étranger. Je la connaissais mal. Elle vivait seule, très retirée et peu soucieuse d'entretenir des relations avec la famille qui lui restait, moi en l'occurrence. Quand j'étais très jeune, du vivant de mes grands-parents, nous nous y réunissions pour les fêtes de fin d'année dans une ambiance provençale - la crèche, les santons, le gui, les treize desserts - et les cadeaux, les cadeaux... Un bonheur pour l'enfant que j'étais, ma mère silencieuse souriait à côté de sa sœur aînée qui, chaque année, arrivait de Suisse, parfois accompagnée d'un homme dont le visage étrange m'impressionnait et que je n'osais appeler mon oncle comme on me le recommandait. A la disparition de mes grands-parents, la famille s'est déchirée, ma tante voulait conserver le mas et ma mère préférait le vendre, il n'était pas question pour elle d'en assurer la surveillance et l'entretien en l'absence de sa sœur. Des mots très durs ont été échangés, des reproches cinglants adressés sur le fond d'une jalousie ancienne. La trop grande différence d'âge, seize ans, ne les avait pas rendues proches. Ma tante conserva le mas, ma mère fut dédommagée.

Les années passèrent et jamais les sœurs ne se retrouvèrent. Quand enfin ma tante s'installa dans le mas dont la propriété lui avait coûté cher en perte d'affection et d'argent, ma mère m'encouragea à la visiter de temps en temps. S'agissait-il du regret de la rupture ou d'un dessein intéressé ? Je ne le lui ai jamais demandé. Je devenais donc propriétaire d'un bien qui ne me rappelait que des souvenirs détestables, bien éloignés des Noëls passés.

J'avais fait venir un antiquaire curieux de la bibliothèque de mon grand-père, de ses collections de peintures et d'objets tibétains, de ses poteries de toutes origines, Mexique, Afrique et Bolivie, dont je ne conserverai que quelques-unes.

Il me restait à vider une cantine en mauvais état, cabossée et rouillée. Ouverte, elle révéla un contenu disparate : en vrac, des cartes postales du Népal, de nombreux clichés de montagnes, des photos de ma tante adolescente avec, la tenant par la main, par le cou ou dans ses bras, un garçon aux traits asiatiques. D'une grande enveloppe, je sortis un tapuscrit sur du papier pelure qui en rendait la lecture difficile. Le lire me prendrait beaucoup de temps, je ne fis que le parcourir avant de découvrir un paquet de lettres. Classées par ordre chronologique, d'une écriture soignée, elles éveillèrent ma curiosité.

1 - De Karma à sa chère Martha
Il ne m'a pas été difficile de trouver l'adresse de ton père, j'espère que c'est encore la tienne.

Je reviens enfin vers toi. Après votre départ qui m'a fait tant de mal, j'ai été pris en charge par le comité de réfugiés tibétains et envoyé en Suisse où je vis depuis 12 ans. J'ai fait des études secondaires puis universitaires. Je prépare un mémoire sur mon pays perdu et la diaspora des Tibétains. Je rentre donc du Népal où les souvenirs sont devenus si prégnants que j'ai voulu sans tarder reprendre contact avec toi. Veux-tu que nous nous revoyions ? Je serai à Marseille le dernier vendredi de ce mois pour assister à un séminaire d'Écologie Humaine. Je te donne mon adresse dans l'espoir d'une réponse. Je ne m'étonnerai pas de rester sans nouvelles, comprenant que tu aies pu m'oublier après un si long silence.

Bien à toi. Karma

2 - Martha, je me rappellerai longtemps ta surprise quand tu m'as rencontré à la terrasse de la Samaritaine. T'attendais-tu à retrouver le garçon qui t'avait menée sur la piste de la Takhola ? Tu t'es jetée dans mes bras et tu as posé ton front sur mon épaule, tu riais. « Karma, maintenant si grand, trop grand ». Je t'avais reconnue, même chevelure brune attachée sur ta nuque, même rire qui plissait tes yeux et retroussait ton nez et contre moi, le même parfum d'eau citronnée, dont, sur la piste, tu frictionnais tes mains faute de pouvoir les laver. Martha, te retrouver a été pour moi le bonheur, il faut vite se revoir. Si, comme je le pense, tu en as le même désir, écris-moi où et quand.

3 - Martha, mon amie. Oui, tu as raison, il est trop tôt pour que je te rejoigne en Provence, chez tes parents,

viens plutôt en Suisse. Indique-moi le jour et l'heure de ton arrivée à Genève. Nous avons tant à nous dire, ne passons pas à côté de l'essentiel. Je t'attends déjà.

4 - Tu es bien vite repartie, Martha. Avons-nous assez évoqué notre jeunesse, nous sommes-nous dit tout ce qu'il fallait dire de notre passé d'enfant, et des moments que nous venons de vivre ensemble, soudés l'un à l'autre et jamais rassasiés ? J'ai peur que tu m'en veuilles. Trop rapides, trop intenses et peut-être pour toi sans lendemain, ces trois jours passés dans mon studio. M'écriras-tu encore ?

5 - Je t'aime, c'est toi qui l'as écrit la première. A moi de l'écrire, de le dire, de te crier : je t'aime, Martha, tu as été ma compagne, ma sœur, mon rêve, ma jamais oubliée, ma moitié d'orange, tu es mon aimée.

Les lettres qui suivaient, témoins de leur amour, étaient trop intimes, trop passionnées, j'arrêtai leur lecture et je m'allongeai sur le tapis de selle tibétain défraîchi que m'avait laissé l'antiquaire. Ma tante et mon oncle avaient vécu une relation amoureuse exceptionnelle dans la durée, de leur jeunesse jusqu'à la disparition de Karma dont j'ignorais les circonstances. On se remet difficilement d'une telle lecture qui renvoie à la médiocrité de sa vie.

Il me restait à explorer les lettres encore sous enveloppe, les premières affranchies de timbres népalais, la dernière d'un timbre français.

6 - Mon aimée. Il m'a été difficile d'accepter ton refus de m'accompagner au Népal, à Katmandou, je l'ai enfin compris. La ville est abîmée, ravagée par un développement incontrôlé, une circulation intense et un tourisme croissant. J'ai beaucoup de peine à y ajuster notre passé. Conserve tes souvenirs intangibles et laisse-moi seul évoquer ici ce qui n'est plus. Tu me manques, Martha, que tu sois l'adolescente rieuse du passé ou la femme à serrer fort dans mes bras pour mieux l'aimer.

La dizaine de lettres écrites de Katmandou sur une vingtaine d'années, expédiées à Ménerbes où, pendant les absences de Karma, Martha se retirait, ne m'apprirent rien que la tristesse de la séparation, le désir contenu, sa frustration et le bonheur des retrouvailles proches.

La dernière lettre expédiée de France était plus récente selon son cachet bien lisible mais elle était froissée, abîmée et tachée.

7 - Mon aimée. Je confie ma lettre à un diplomate français qui rentre à Paris. J'espère que tu la recevras bien vite pour apprendre que je suis sain et sauf. Le séisme a été terrible, j'ai vu des maisons s'écrouler sur leurs habitants, le patrimoine historique et architectural de la vallée en grande partie détruit, des gens blessés, enfouis sous les décombres, d'autres sans abri et les morts qu'on ne compte plus. Juste quelques mots pour te rassurer et te promettre de revenir vite près de toi. Je retourne aux

travaux de déblaiement qui se font à mains nues, le pays attend l'aide internationale, ici, tout fait défaut pour la survie, les soins et la sécurité des vivants.

Je t'aime, je t'aime.

Au verso de la lettre, Martha avait écrit

Je ne t'attendrai plus, Karma. Une réplique, et un mur qui s'effondre sur les sauveteurs, tu resteras au Népal. La Suisse ne peut te rapatrier. Que ne suis-je près de toi !

Traces de doigts, de larmes, l'encre avait coulé sur l'adieu de Martha à Karma.

Je décidai de reprendre la lecture du tapuscrit et d'y passer le temps qu'il fallait pour connaître leur passé. Le récit très documenté du voyage de Martha, de son séjour à Katmandou, de sa rencontre avec Karma, de leur trek jusqu'en Takhola, suivi de leur aventure improbable en quête d'un trésor volé, rien ne révélait de ce je cherchais à saisir, la qualité de leur relation, la naissance de leur amour. Qui avait écrit ce texte ? Document ou fiction ? Il n'était ni signé, ni daté. Était-ce Martha et quand ?

La première partie était presque un documentaire, je pouvais suivre, étape par étape, l'itinéraire des Eriksen de l'Europe vers l'Asie. Qu'étaient devenus les pays traversés dans la joie de la découverte ? Quarante ans de République islamique en Iran, l'application de la Charia, la soumission aux diktats des Mollahs, la brutalité des gardiens de la révolution, l'exil des artistes, les sanctions imposées par une puissance étrangère, ont entraîné des jeunes et des femmes à se révolter et à manifester pour clamer des revendications qui ont été réprimées dans le sang. La République islamique n'a rien cédé, ne cèdera rien.

Qu'étaient devenus le bazar bien achalandé et les trésors de l'Empire Perse qui excitaient la convoitise de Martha ? Ne reste que la beauté du ciel sur les montagnes sèches.

Si des touristes avaient pu encore sous certaines conditions se rendre en Iran, l'Afghanistan leur restait fermé. Détruit par des décennies de guerre, refuge de terroristes, puis écrasé sous la loi inhumaine des Talibans, s'essayant enfin à la démocratie et reprenant encore les attentats et la guerre civile, il n'était plus la terre de découverte révélée par le roman mythique de Kessel et recherchée avec plus ou moins de bonheur par des voyageurs occidentaux.

C'est en 1965, à Hérat, Kandahar et Kaboul, que la famille Eriksen, fascinée, avait trouvé le sel du voyage.

Je ne pourrai certainement pas aller sur leur trace dans ces pays qui se sont perdus ; il me suffira de relire encore « Au-delà de Katmandou » pour les y accompagner et continuer à chercher ce qui rendit unique et romanesque l'amour de Karma et de Martha.

Gabrielle Basquin Janvier 2020